LA VALEUR DES RÊVES

DU MÊME AUTEUR

Dix-sept ans porte 57, Balland, 1986

Ballon de toi, Balland, 1987

Ange en exil, Balland, 1990

Oublier Modiano, Éditions Léo Scheer, 2011

Mouche', Éditions Léo Scheer, 2012

Vol d'hommes, Éditions de Fallois, 2019

www.leoscheer.fr

MARIE LEBEY

LA VALEUR DES RÊVES

Éditions Léo Scheer

À Francis

STABILE. Mot créé par Jean Arp en 1932, pour nommer les sculptures statiques de l'artiste américain Alexander Calder, par opposition aux « mobiles » de ce dernier.

(Source : Wiktionnaire)

Simon Bret exerçait un métier étrange. Derrière son pupitre, il excitait le désir des acheteurs pour faire monter les enchères. Il donnait des prix à ce qui, par définition, ne pouvait en avoir : la beauté. Le commissaire-priseur la vendait à ceux qui la cherchaient. Il avait l'œil. Grâce à ce talent, il pouvait voir des choses que les gens ne remarquaient pas au premier abord. Le reste était une question de mode, d'influence, d'époque, d'argent, de chance… Et surtout de pollution du regard, la plupart de ses clients ayant la vue encrassée par les goûts de leurs parents et leur milieu social. Ses confrères disaient de lui que c'était un baratineur de première ; pourtant, il bossait jusqu'à pas d'heure, et comme les Américains, il ne partait jamais en vacances. Les mauvaises langues racontaient aussi qu'il était radin parce que dans les magasins, il choisissait souvent la gamme de produits la moins chère, mais c'était grâce à toutes ces poussières d'euros économisées qu'il avait monté sa collection. Et s'il s'obstinait à prendre les transports en commun, se contentant d'un sandwich pour déjeuner, c'est parce qu'il ne concevait pas de dépenser de l'argent dans des restaurants étoilés pour un truc qui allait finir quelques heures plus tard dans le trou des W.-C. Persuadé que la société de consommation était le tube digestif de nos rêves, son fossoyeur. Pourtant, dès qu'il s'agissait d'art, sans scrupule, Simon Bret dépensait des millions. Son bureau donnait sur les jardins du Palais-Royal. Dans les salons du premier étage avaient lieu des ventes prestigieuses, qu'il dirigeait à l'aide du petit marteau en ivoire sculpté de chinoiseries que lui avait offert sa mère pour son diplôme. Un document bien inutile car il avait tout appris sur le tas : rédiger une fiche de *condition report*, une expertise, une estimation, établir le pedigree d'une pièce…

En premier lieu, le maestro écoutait le propriétaire avec attention puis, délicatement, de ses longues mains pâles de Christ, il retournait le tableau pour l'ausculter. Il disait qu'on apprenait beaucoup plus de choses *derrière* que *devant*, et en effet il n'était pas rare, en décrochant une toile restée à la même place pendant des années, qu'il découvre une croix gammée tatouée au dos. Alors, le chef-d'œuvre qui, côté face, valait des millions, côté pile, soudain, ne valait plus un kopeck! Ensuite seulement, il vérifiait que le châssis était d'origine, repérait les craquelures et les microdéchirures sous la saleté, examinait la façon dont la couche picturale adhérait au support, évaluait l'usure de la patine. Officiellement, toutes les pièces qui passaient sous son marteau étaient « intéressantes et d'une grande puissance ». Dans la réalité, 50 % d'entre elles étaient sans intérêt, 45 % plutôt pas mal, seules les 5 % qui restaient étaient exceptionnelles.

Pourtant, lorsqu'il vendait un truc moche très cher, pendant quelques secondes, il finissait presque par le trouver beau ; enfin, chez les autres, pas chez lui. Dans ces moments-là, sa capacité à croire en ses propres mensonges l'inquiétait. L'homme pressé, passionné d'art, obsédé par la peur de vieillir, ne savait plus très bien qui il était ni ce qui primait dans son existence. L'argent ? Le temps qui passait ? Et si les œuvres accrochées sur ses murs étaient la seule façon qu'il avait trouvée pour que ni l'un ni l'autre ne lui filent entre les doigts ?

Souvent, la veille d'une grosse vente, le diable lui rendait visite dans son sommeil. C'était son premier client. Et le commissaire-priseur ne savait jamais si celui-ci venait pour acheter ou pour vendre, car il arrivait et repartait toujours les mains vides. À chaque fois, Simon Bret avait la sensation bizarre, au fond de lui, qu'on lui avait volé quelque chose, alors il courait dans la rue pour le rattraper et lorsqu'il fouillait les poches de son pardessus, il y trouvait une tête de mort de Damien Hirst. La sienne ? Du fait de son métier, il était confronté à la mort quotidiennement, une collègue fiable et efficace. Tous les matins, il se levait à huit heures, buvait un grand verre d'eau et croquait dans une pomme, en recensant dans les « Carnets » du *Figaro* les décès du jour pour repérer les successions à venir. Après les pompes funèbres et les notaires, les commissaires-priseurs arrivent en *pole position* sur le marché. Ils se retrouvent au cœur de la centrale familiale, dans une zone de turbulences où les susceptibilités se manipulent avec autant de précautions que l'uranium. Dès la sortie du cimetière, les rancœurs resurgissent. Un frère étouffé par la personnalité d'un autre, une mère neurasthénique, un père coureur de filles qui laisse un testament en forme de Kinder avec des surprises à l'intérieur.

Puis, en fin de matinée, il se rendait à son bureau à pied. En chemin, il s'arrêtait à la pâtisserie de la rue des Petits-Champs, enchanté par ces miniatures en sucre, le drapé d'une crème chantilly ou la terre cuite d'un baba au rhum. Ensuite, il passait le restant de la matinée à donner des coups de fil ou dicter des mails à Mlle Loiseau, son assistante. Tous ces gens qui héritaient de chefs-d'œuvre étaient capables d'en venir aux mains pour une batterie de cuisine. L'après-midi, il se déplaçait chez les clients pour réaliser des inventaires. À cette occasion, il devait faire usage de beaucoup de délicatesse pour expliquer aux uns et aux autres, sans les blesser, que le décor de leur enfance, avec le ravissant petit secrétaire en marqueterie Louis XV, était bon pour la brocante ; alors que l'horrible table en Formica des années 1960 reléguée dans la maison des gardiens valait maintenant une petite fortune. Les objets, eux aussi, font des révolutions qui, sans trembler, coupent la tête de nos plus tendres souvenirs. En fin de soirée, il se rendait à des dîners où cet indécrottable célibataire se retrouvait généralement placé à côté de deuxièmes mains retouchées par de mauvais restaurateurs. Lorsqu'elles étaient riches, il faisait un effort pour se montrer charmant, avec l'arrière-pensée qu'il pourrait leur coller une toile dans le salon. Grandes et belles, il les glissait dans son lit. Simon Bret pratiquait le sexe comme un sport, sans état d'âme. Est-ce qu'on demande à un skieur de tomber amoureux de ses skis ? avait-il coutume de rétorquer à ses amis qui s'inquiétaient de savoir si le *serial lover* avait du cœur. Le lendemain, lorsque ces aventurières fascinées par l'art contemporain se mettaient à lui poser des questions de petites-bourgeoises pour savoir pourquoi son appartement de quatre cents mètres carrés comptait cinq W.-C. et pas une chambre d'enfant, pour toute réponse, il leur appelait un taxi. D'où sa réputation de quitter les femmes comme on retire un chandail quand il fait trop chaud. En déduire que Simon Bret ne les aimait pas aurait été une erreur, car il les aimait, passionnément même ! Mais en marbre, en glaise, à l'huile, à la gouache, au fusain, au crayon, en plastique ou même en alu. Certainement pas au petit déjeuner, quand elles faisaient du bruit en beurrant leurs tartines de pain grillé. Aux *breakfasts girls*, il privilégiait les pin-up de la Renaissance italienne peintes par Fra Filippo Lippi ou Botticelli, qui restent telles que vous les avez rencontrées la première fois. L'art lui procurait des émotions d'une pureté et d'une force qu'il n'avait jamais éprouvées avec des êtres humains.

Lorsqu'un après-midi du mois de septembre, le commissaire-priseur vit arriver devant son bureau une créature conçue dans une matière qui jusque-là lui était inconnue : la peau. Un modèle qui allait devenir le clou de sa collection, mais auquel, ce jour-là, il ne prêta aucune attention. Comme si son œil, ce reliquaire qu'il se targuait tant de posséder, avait été désactivé par une puissance invisible.

Première partie

1

Un trésor à La Traîne-les-Pins

Tout avait débuté lors de l'un de ces interminables week-ends du mois de mai, où Simon Bret était descendu dans le Midi chez des amis anglais qui avaient une abbaye près d'Aix-en-Provence. Occasion inespérée de sortir du garage l'une de ses voitures de collection pour en faire tourner le moteur. En quittant l'autoroute pour suivre la départementale, il avait baissé la capote afin de bénéficier du décor somptueux qu'offrait l'arrière-pays, cette terre promise où soufflait l'âme de tant d'artistes. Grisé par la vitesse et le vent qui giflaient son visage, il songeait à Van Gogh, ce dictateur qui avait réussi, par sa peinture, à assujettir des milliers de tournesols. Et aussi à l'ogre Picasso, enterré dans le parc du château de Vauvenargues. La garrigue et ses oliviers tourmentés par le mistral encerclaient la montagne Sainte-Victoire, qu'à force de représenter,

Cézanne avait fait disparaître du paysage comme par magie, et dont ne subsistait qu'un amas de paillettes bleues et vertes scintillant au coucher du soleil. Quand soudain, sa voiture de sport, telle une bartavelle, s'arrêta net au milieu d'un champ de lavande.

À la recherche d'une station essence, Simon Bret se mit à marcher sur le bord de la route jusqu'à l'entrée d'un village où des pancartes signalaient la proximité d'un club de vacances. Il les suivit à travers la pinède et arriva devant un bâtiment en béton des années 1950, entouré de bungalows en forme de cubes, reliés entre eux par des couloirs en plein air. En longeant la piscine pour se rendre à la réception, tout à coup, il s'immobilisa. Devant lui, se dressait une pièce de toute beauté qui semblait tombée du ciel sur trois points d'appui. Elle était constituée de formes géométriques découpées dans des plaques de métal sur lesquelles les maillots de bain des enfants séchaient au soleil. Incapable de détacher son regard du monogramme gravé en bas à gauche, le commissaire-priseur poussa un petit cri, comme une jouissance aiguë qui vous prend par surprise. Le truc qui servait de corde à linge aux vacanciers était un stabile du célèbre sculpteur américain Alexander Calder, et valait au bas mot cinq millions de dollars. Un chef-d'œuvre.

2

La sauvegarde du patrimoine français entre les mains des Clubs Caramba

Lorsqu'il avait reçu la lettre de la maison de vente Bret & Patherson signalant qu'on avait identifié, dans un de leurs clubs de vacances, une œuvre importante du célèbre sculpteur américain, Rémy Jansen était tombé des nues. Depuis qu'il dirigeait la holding belge, principale actionnaire des clubs Caramba, il n'avait encore jamais mis le pied sur un de leurs sites de Provence-Côte d'Azur.

La Traîne-les-Pins, Le Rayon Vert, La Palmyre, comme Le Riviera Beach, ces appellations de cartes postales n'évoquaient en lui que des problèmes à résoudre, un taux d'occupation des chambres à atteindre et des cotisations salariales à payer.

Dans une note, l'un de ses collaborateurs lui avait confirmé qu'il existait effectivement à La Traîne-les-Pins un élément de décoration répondant à la description du commissaire-priseur. L'objet faisait partie des équipements, au même titre que les tables de ping-pong en ciment et le panier de basket sur la place de l'Atrium. Sur les photos, le stabile ressemblait aux défenses en fer que plaçaient les Allemands pendant la guerre sur les plages normandes. Le noir de la peinture était devenu gris. Avec l'eau chlorée de la piscine, des taches de rouille apparaissaient. Et c'était un miracle qu'après toutes ces années, personne dans le staff n'ait pensé à se débarrasser de cet amas de ferraille. Par mesure de précaution, avant d'accepter de rencontrer l'émissaire de la maison de vente parisienne, l'homme d'affaires belge s'était renseigné sur la valeur de la pièce auprès d'un ami qui possédait une galerie dans le quartier des Sablons. Les prix stratosphériques que ce dernier lui avait annoncés dépassaient l'entendement. Et déjà, dans le Thalys qui l'emmenait à Paris, le représentant des clubs Caramba commençait à réfléchir sur l'usage qu'il ferait d'une telle somme. Cette rentrée d'argent s'annonçait providentielle pour le groupe touristique qui avait souffert de la pandémie. Avec la vente du stabile, il pourrait remettre aux normes sanitaires le système de filtration d'eau à La Grande-Motte, moderniser l'espace bien-être de la thalasso de Perpignan pour rentrer dans le quota des prises en charges par la Sécurité sociale, et, à défaut de rajeunir les hôtesses d'accueil, il allait changer leurs uniformes qui commençaient à dater… Il songea aussi au fantastique coup de pub dont ses clubs bénéficieraient si cette histoire paraissait dans la presse. Arrivé gare du Nord, il jeta sa cigarette dans le caniveau et héla un taxi.

À l'autre bout de la ville, Simon Bret était arrivé en avance. Accoudé au bar devant un Perrier-rondelle, il s'échauffait mentalement en pointant un à un les arguments à faire valoir au propriétaire du Calder pour le convaincre de lui confier un mandat de vente exclusif. Le but de la manœuvre étant de le séduire sans lui communiquer d'éléments de prix, en vue de retarder le moment où celui-ci réaliserait qu'il avait un trésor entre les mains, une pièce rare qui valait des millions, car alors la tentation serait forte de se renseigner auprès des maisons concurrentes.

Lorsque Rémy Jansen fit irruption dans le bar de l'hôtel Raphaël, les deux hommes n'eurent aucun mal à se reconnaître. Leurs vêtements, leurs chaussures, leur montre, leur coiffure, leur eau de toilette, tout les opposait, même ce qu'ils buvaient. Simon Bret commanda un deuxième Perrier et un whisky pour monsieur avant de commencer son bla-bla. Il était très fort pour étourdir par un flot de paroles son interlocuteur, qui, entraîné par le courant, perdait pied dans la conversation et ne se souvenait plus de ce qu'il voulait dire. Rémy Jansen, comme les autres, se laissa bercer par son ressac volubile. « Le stabile est une œuvre majeure qui a vocation à rester en France et à être exposée dans les musées » (en réalité, à ne pas partir à Londres ou à New York chez les concurrents). À l'écouter, la sauvegarde du patrimoine français était entre les mains des clubs Caramba. Et déjà, au deuxième whisky, le représentant du groupe belge, se sentant soudain investi d'une mission, donnait son accord pour mettre en vente le Calder. Sous réserve d'obtenir l'aval de son conseil d'administration. Ce qui, selon lui, ne devait pas poser de problème :

« On le remplacera par un cactus, nos clients sont sensibles à l'environnement et au respect de la nature. »

Sans montrer aucun signe de victoire, le commissaire-priseur termina calmement son verre puis demanda à Rémy Jansen s'il possédait les papiers justifiant la provenance de la pièce. Un silence embarrassé s'ensuivit, comme si les deux protagonistes de l'affaire essayaient de se retirer à pas de loup de la conversation. Rien, il n'avait rien. Aucun document n'avait été retrouvé, ni aux archives, ni à la comptabilité. Le Calder n'était mentionné nulle part dans l'acte de vente lorsqu'en 2002, le groupe belge avait racheté les clubs au VVF (pour « Village vacances famille ») propriétaires des sites. Mais tous les membres du personnel, présents à l'époque, pouvaient témoigner que la sculpture en métal avait toujours été là, depuis le début.

Game over. Abattu, Simon Bret commanda un *bloody mary*. Sans preuves solides sur l'origine du stabile, pas d'authentification du Calder, pas de vente, pas de commission et pas de nouveaux uniformes pour les hôtesses d'accueil. À moins de prouver, comme le spécifiait l'arrêté de 1963, que la sculpture était bien sur le site de vacances depuis au moins trente ans, songea-t-il en s'emparant de l'addition pour payer.

Une dizaine de jours plus tard, la maison de vente recevait un mandat de vente signé par la holding belge. Le stabile fut déboulonné comme un Meccano, ses équerres en fer soigneusement emballées dans des caisses en bois par les transporteurs, puis le tout fut stocké dans un garde-meuble de la banlieue parisienne.

Les prédateurs ne pouvaient plus entrer dans la danse.

Le commissaire-priseur le savait, dès qu'un client se séparait physiquement de son bien, le lien affectif se rompait dans sa tête. Et celui-ci préférait ensuite le vendre à un prix inférieur plutôt que de le reprendre chez lui.

Cependant, une question restait sans réponse : comment l'œuvre d'un des plus grands artistes du XXe siècle avait-elle pu atterrir dans un club de vacances à La Traîne-les-Pins ?

Son notaire, maître Coquillette, lui avait parlé de quelqu'un qui travaillait dans un cabinet de généalogie près de la gare Saint-Lazare, à qui il faisait appel lorsqu'il avait besoin de renseignements sur des héritiers, dans le cadre de successions difficiles. Une fille plutôt maline et débrouillarde, qui pourrait l'aider à retrouver les papiers du Calder. Simon Bret décrocha son téléphone et demanda à Mlle Loiseau, son assistante, d'organiser au plus vite un rendez-vous avec cette personne.

3

Pat et sa bande

Lucie de Clichy ne comprenait rien à l'art contemporain, où même « rien » signifiait quelque chose. Ni le succès de l'artiste américain, dont les dinosaures en ferraille se vendaient plus cher que des châteaux. Sur les photos des livres d'art qu'elle avait consultés, Alexander Calder, dans sa chemise en jersey rouge, ressemblait à Winnie l'ourson. Une peluche qui venait de lui faire gagner cinq mille euros. Lorsque la jeune femme avait lancé ce chiffre à trois ballons pour ses honoraires, le commissaire-priseur, derrière l'aileron d'avion en aluminium qui lui faisait office de bureau, n'avait pas bronché.

Un profil d'empereur romain à la crinière argentée, un nez busqué d'aigle royal, un regard avec tout ce qu'il faut dedans pour vous endormir, Simon Bret était encore mieux que ce qu'on racontait sur lui. Et Lucie aurait bien aimé découper son corps en morceaux puis le disposer sur un plateau d'argent pour l'examiner d'un peu plus près. Mais elle n'était pas là pour décortiquer un poulet. La mission qu'il venait de lui confier consistait à trouver les documents prouvant l'origine d'une sculpture d'Alexander Calder, afin de l'authentifier avant que son propriétaire ne la mette en vente. Au cours de l'entretien, le commissaire-priseur crut bon de lui rappeler les clauses de l'arrêté de 1963, qui régissait les règles de la propriété, que la jeune femme écouta d'une oreille distraite car à l'étude de maître Coquillette, elle s'était déjà servie à maintes reprises de ce texte dans des affaires de trésor découvert sous les lattes du parquet de la salle à manger ou au fond d'un jardin. Vu la taille monumentale de l'objet en métal, celui-ci n'avait pas atterri là par hasard et il devait bien exister des témoins présents lors de son installation. Les retrouver serait un jeu d'enfant, songea la jeune femme en prenant congé du commissaire-priseur, emballée par la vie et les cinq mille ballons qui allaient alléger le découvert de son compte en banque.

Elle habitait à deux pas des anciens abattoirs de chevaux du 13e arrondissement de la capitale : la villa Santa Clara. Une voie privée à l'abri des regards, bordée de pavillons en briques et d'ateliers d'artistes, qui se terminait en impasse; un terme qui résumait bien la vie de tous ceux qui y vivaient. Avec ces vieux pavés envahis par les herbes folles, ces jardinets, ces rosiers grimpants sur les façades, les chats qui slalomaient entre les pots de fleurs, et la tour Eiffel au loin, qui piquait le ciel comme un clocher, on se serait cru à la campagne. Au numéro 10, derrière un portail rouillé, une grosse bâtisse à colombages de style basque intriguait les passants, qui se demandaient quel était le fou qui avait construit un truc pareil. Le fou était son ami, l'acteur Patrick B. *La Nuit des soviets*, *Oncle Pierre*, *Moules-frites*. Oui, c'était lui.

Pat avait débuté sa carrière par un premier rôle au cinéma. Le personnage qu'il interprétait alors, un jeune homme ombrageux et tourmenté, lui avait valu la reconnaissance de la profession, et, pendant un certain nombre d'années, il avait enchaîné les films et les zéros sur son livret d'épargne. Lorsqu'avec l'arrivée des Depardieu sur le marché, les metteurs en scène avaient privilégié des garçons plus instinctifs, préféré les loosers aux héros, toute une portée de jeunes premiers grandis à l'ombre de Gérard Philipe s'était retrouvée au chômage. Le comédien se mit alors à tourner, avec sa caméra super-huit, des sketchs dans l'esprit des surréalistes, où il filmait son quotidien. Véritables bijoux qu'il qualifiait de *déconnades*, mais qui en réalité étaient bien plus impertinentes et créatives que la plupart des vidéos de son époque. Jusqu'à ce que sa carrière d'acteur prenne un nouveau virage avec un petit rôle à contre-emploi dans une série belge, où son apparition en slip de bain sur la plage de Berck avait fait rire la France entière. Patrick était un gentil garçon, qui avait un talent fou, mais comme la plupart des acteurs, il était connecté H24 sur lui-même. Son monde lui suffisait, aussi ne ressentait-il pas le besoin de s'encombrer de celui des autres. Sa villa abritait toutes sortes d'objets bizarres, mannequins de devanture, épingles à chapeaux, colliers en perlouzes, maquettes de garages d'enfant. Et dès qu'une fille s'installait chez lui avec des rêves de déco et de table basse, et qu'elle s'aventurait à déplacer un objet ou à toucher ses affaires, il lui rendait la vie impossible. Ce qui expliquait pourquoi il se retrouvait à la fin de sa vie avec pour uniques héritiers Brown et Sugar, deux gros chats dégoûtants qui lui ronronnaient un peu d'amour aux premiers grincements de l'ouvre-boîte. Et qu'au fil du temps, la villa Santa Clara était devenue le décor des films qu'il ne tournerait jamais. Car mis à part la pharmacienne du boulevard Aristide-Briand qui avait accès à sa carte Vitale, plus personne dans la rue ne reconnaissait le jeune espoir du cinéma français dont la mèche de cheveux, autrefois figure de proue de son beau visage, retombait aujourd'hui comme un drapeau en berne.

Pour héberger sa bande de copains qu'il gardait à proximité tels des rétroviseurs reflétant sa jeunesse rebelle, Patrick avait racheté l'immeuble voisin, un gros paquebot 1920, avec des terrasses comme des pontons où il faisait bon s'allonger, l'été. Les deux bâtiments étaient reliés par une passerelle en fer, qui surplombait un jardin à l'abandon, envahi par les ronces et les orties. Seul un petit carré d'herbe près de la cabane à outils était soigneusement entretenu, celui où Pat cultivait de la marijuana et le souvenir de sa mère, dont les cendres, disséminées sous la statue de la Vierge, servaient d'engrais à sa production. Ses copains étaient de drôles d'oiseaux qui avaient arrêté leur croissance dans les années 1980. Un peu artistes et beaucoup glandeurs, comme Amaury, censé s'occuper des travaux de la villa, alors qu'il passait ses journées à mariner dans un jogging trop grand en faisant claquer sur le dallage les mules en plastique d'une grande marque de sport. Ou Didier, un ancien junky qui s'était défoncé avec Keith Richard à la belle époque mais qui, à présent, ne se nourrissait plus que de barres de céréales et donnait des cours de céramique aux bourgeoises du quartier. Tout ce petit monde vivait chacun chez soi, dans une communauté respectueuse, fenêtres et portes grandes ouvertes sur une jungle bordélique et bienveillante. Tous étaient conscients de la chance inouïe qu'ils avaient d'habiter un endroit pareil pour un loyer aussi cool, que le paradis était là, au 10 bis, et nulle part ailleurs. À la tombée de la nuit, quand Didier, sur son balcon, fredonnait à la guitare « Tears in Heaven », la berceuse d'Eric Clapton écrite à la mémoire de son petit garçon tombé du cinquante-troisième étage, Lucie sentait dans sa poitrine se briser tous les os de son cœur. Elle vivait dans l'appartement au-dessous du sien, là où les fils électriques des ampoules pendouillaient du plafond comme des pieuvres. Un duplex décoré à l'orientale avec un splendide hammam en mosaïque, dont le plafond constellé de petites étoiles électriques multicolores clignotait dans la vapeur. Un hammam, mais pas de cuisine. Rien pour faire la bouffe. Alors, pour se nourrir, elle réchauffait au micro-ondes les barquettes du Chinois de la rue de Brancion.

En entrant chez elle, Lucie retira ses bottes neuves, deux petites garces qui la faisaient souffrir, et fixa d'un air mauvais ses socquettes blanches trouées sous lesquelles ses doigts de pieds encagoulés s'agitaient comme des membres du Ku Klux Klan. Puis elle alla s'étendre sur le lit. Le lit, c'était son pays. La nuit, il se transformait en mobylette, et quand elle grimpait dessus, plus personne ne pouvait la rattraper. Tout en descendant un paquet de fraises Tagada, elle examina les photos du truc en métal qu'elle aurait été bien incapable de décrire… Un Shadok recouvert de goudron ? Des plaques de Zan collées ? Une mouette prisonnière de la marée noire ? Le stabile pouvait être tout cela à la fois, selon la personne qui le regardait, l'endroit où celle-ci se trouvait, et, surtout, ce qu'elle avait bu juste avant.

La jeune femme passa le reste de la soirée à glaner sur la Toile des infos à propos de l'artiste américain. Où, en quelques clics, elle apprit qu'Alexander Calder avait vu le jour en 1898 à Lawnton, un bled en Pennsylvanie, dans une famille d'artistes. Son père et son grand-père étaient sculpteurs, sa mère, peintre. Pour leur faire plaisir, le petit Alexander, que tout le monde à la maison appelait Sandy, se coltinait des séances de pose interminables durant lesquelles il devait rester pendant des heures, nu, sans bouger, dans la lumière froide d'un atelier mal chauffé, avec une orange à la main qu'il avait interdiction de manger. En échange de quoi, ses parents lui avaient aménagé un appentis à la cave. Paradis sans fenêtre où Sandy bricolait des poupées pour sa sœur avec tout ce qui lui tombait sous la main : des bouts de caoutchouc, de laine, des vieux clous, des morceaux de carton, des plumes…

Lucie regarda à travers la fenêtre. La lune agrippée au balcon, telle une grosse chouette, veillait sur la villa Santa Clara. Tout le monde dormait, sauf elle et la bande de fraises Tagada, qui manifestait dans son estomac. Et comme elle tombait de sommeil, elle décida d'aller *straight to the point*, à savoir où se trouvait Alexander Calder en 62, date à laquelle il était supposé avoir créé le stabile…

La réponse : en France, à Saché, un petit village de Touraine dont le nom tilta dans sa tête. Enfant, elle avait séjourné là-bas avec sa mère, dans une propriété surnommée le château Balzac par les gens du coin, parce que l'écrivain, fuyant ses créanciers, s'y était réfugié… Aussitôt, un souvenir flasha dans son cœur : celui d'un bal costumé où Mouche, sa mère, déguisée en Néfertiti, une brosse à dents dressée sur le haut du crâne en guise de serpent, avait dansé un tango avec le maire du village. Paul Métadone ressemblait à Cornélius, le vieux conseiller du roi Babar et, comme la mère de Lucie, il nourrissait une passion pour l'auteur de *La Comédie humaine*, auquel il avait consacré une partie de sa fortune et un musée dans une aile de son château.

Avec le même espoir qu'un joueur de casino au lever du jour qui lance un dernier jeton sur le tapis, Lucie tapa son nom dans la barre de recherche de l'ordinateur. Et là, stupeur ! Même pas mort. Cornélius avait 104 ans et encore toutes les pièces de son château !

Déjà, à l'époque, elle le trouvait vieux, mais là, il devait ressembler à une momie. Avant d'éteindre la lumière, Lucie rédigea un mail à l'intention de la fondation qui portait son nom, en sollicitant une rencontre avec le vieux pharaon. Elle se débrouilla pour y placer que Mouche était sa mère, la seule façon pour la jeune femme de revendiquer qu'elle était encore sa fille, vu que celle-ci était morte depuis longtemps.

Le lendemain, coup de téléphone. Six pieds sous terre, Mouche avait encore du réseau : une voix lui annonça que M. Métadone était d'accord pour la recevoir. Et que si Mlle de Clichy n'avait pas peur de prendre le train, il serait heureux de déjeuner avec elle le dimanche suivant, jour de son anniversaire, pour fêter ses 105 ans.

4

Un stabile pour une robe de chambre en plâtre

Le décor que l'ancien maire de Saché avait choisi pour finir sa vie se trouvait au dernier étage d'un immeuble des années 1970, boulevard Béranger, dans la ville de Tours qui l'avait vu naître. Avec, comme toujours dans les intérieurs de la bourgeoisie provinciale, cossus et sans fantaisie : des fleurs, des coussins, des pompons et des fauteuils aux pieds cambrés. Pourtant, dans un coin du salon, une statue attirait l'attention. Elle représentant un homme de forte corpulence, au nez en trompette, vêtu d'une robe de bure, à qui il ne manquait plus qu'un couteau de boucher entre les mains pour qu'on lui commandât trois côtelettes. Sans les explications de la jeune femme qui l'accueillit, jamais Lucie n'aurait pu deviner que cette sculpture d'Honoré de Balzac était une épreuve rare de Rodin. Son patron, M. Métadone, ne s'en cachait pas, l'argent avec lequel il avait pu s'acheter un tel chef-d'œuvre provenait des laboratoires de son père, inventeur de la Calmine, un antidouleur administré aux soldats pendant la guerre de 14 et dont le fils avait prolongé la prospérité avec un sirop pour enfants à haute teneur hypnotique, qui allait endormir tous les Nicolas et Pimprenelle de France.

Le vieillard avait pris du retard dans sa toilette, et depuis vingt minutes que Lucie piétinait la moquette de son salon en buvant du jus d'orange en brique, elle commençait à trouver le temps long ; même si elle était consciente de la chance qu'elle avait de déjeuner avec un centenaire, et de découvrir à cette occasion ce qu'il mangeait pour en être arrivé là.

Une porte s'ouvrit, en contrejour d'une salle de bains, sur un déambulateur qui se mit à progresser lentement dans sa direction. C'était lui, l'ami de Mouche, entouré d'un halo de lumière, telle une image pieuse.

À 105 ans, Paul Métadone portait encore sa médaille de première communion, qui brillait sur sa poitrine flétrie de vieux pachyderme. Et l'infirmière qui l'accompagnait dut faire preuve de beaucoup de douceur pour que tous ses membres en bois flotté ne se réduisent pas en poussière. Puis, après avoir noué une serviette autour de son cou, elle commença à lui donner la becquée. Une entreprise périlleuse dans ce corps déjà mort où le seul organe qui semblait encore fonctionner était la mémoire. Une mémoire de fer classée en fonction des années de guerre et des acquisitions. Le centenaire s'exprimait par chuintements, en donnant l'impression, à la fin de chaque phrase, de ne plus avoir assez de souffle pour la suivante. Mais son œil restait vif, et ses mots percutants, comme les balles d'un silencieux, finissaient par atteindre leur cible dès qu'il se mettait à évoquer les combats de sa vie. Sa vie qui, bien sûr, était passionnante, vu qu'il avait traversé deux siècles, échappé à un holocauste, une pandémie, trois guerres et autant de divorces ; mais qui était aussi un peu longue… Le vieux pharaon montrait beaucoup d'excitation à se remémorer les périodes de son existence, comme si en les racontant, elles allaient compter double. Son ego, noyau dur de sa longévité, semblait être devenu la seule arme qu'il lui restait pour combattre la mort. Dalleurs, il ne respirait même plus entre les phrases, de peur qu'on l'interrompe. Et au bout d'un moment Lucie, tétanisée, ne sut plus très bien si elle devait poser des questions pour alimenter la machine ou garder le silence, au risque de provoquer une panne définitive. Quand le gâteau d'anniversaire apparut sur la table, Miss de Clichy dégaina son portable car elle aussi voulait un selfie avec le rescapé du siècle. Ce fut long et laborieux, et surtout pénible pour tout le monde. Les joues dégonflées du vieux, les flammes tremblotantes des 105 bâtonnets de cire blanche, que la main impatiente de l'aide-soignante déterra aussitôt de la coque du gâteau, long comme un cimetière américain, pour en couper une part, bien trop grande pour le petit pépé tout rétréci qu'il était devenu. Lucie profita du fait qu'il ait la bouche pleine pour aiguiller la conversation sur le motif de sa venue : le stabile de Calder.

Le maire de Saché ne semblait pas impressionné par le grand artiste américain ; comme si le fait de l'avoir rencontré en chair et en os l'avait dépouillé de son génie pour en faire un personnage ordinaire. À ses yeux, Sandy était un gars simple, voire un peu rustre, à l'esprit de pionnier. 100 % Américain.

Le vieil homme avait fait sa connaissance à la fin des années 1950 chez son gendre, Jean Davidson. Lors de l'une de leurs sempiternelles parties de cartes du samedi soir, Calder lui avait fait part de son intention de construire, sur la colline du Haut Carroit, un atelier industriel, à l'image de celui qu'il avait dans le Vermont, susceptible d'accueillir ses sculptures monumentales. Et lui avait demandé s'il pouvait intervenir auprès des propriétaires du terrain pour l'aider à en acquérir quelques parcelles. Le maire du village ne pouvait pas refuser son aide à celui qui avait offert tant de gouaches à la kermesse de l'école. À la fin des travaux, pour le remercier, Calder l'avait emmené aux établissements Biémont, où il réalisait ses stabiles, pour lui en offrir un. Mais Métadone, qui n'avait aucune envie d'installer un machin pareil dans le parc de son château, avait refusé en prétextant, pour ne pas le blesser, qu'à titre personnel, le maire de la commune ne pouvait pas accepter un objet d'une telle valeur.

« C'était celui-là ? interrompit Lucie en brandissant la photo que lui avait remise le commissaire-priseur.

— Je ne me souviens plus, ronchonna le vieux monsieur en l'agrippant par le bras avec la force d'un nourrisson. Mais je regrette de ne pas l'avoir accepté car aujourd'hui, avec l'argent du stabile, j'aurais pu acheter le moule en plâtre de la robe de chambre de Balzac ! »

Lorsqu'une dernière cuillère de gâteau se présenta à la porte de son visage, d'une main frêle, il lui fit faire demi-tour. Puis, son regard délavé par les rêves glissa sur le côté comme s'il cherchait à les retrouver. Et, profitant du silence qui soudain s'était abattu sur la pièce, la fille de Mouche s'éclipsa.

5

Le *Moustipic* de Calder

Dans les escaliers du château où sa mère devait errer en robe de chambre à la poursuite du fantôme d'Honoré, désormais, un gardien surveillait les visiteurs. Du haut de la tour, on pouvait voir, sur la colline en face, l'atelier dont parlait le vieux pharaon : un long bâtiment de pierre au milieu des vignes, traversé par une verrière. Calder et Balzac, deux forçats enchaînés à leur œuvre, dont les édifices semblaient s'affronter dans le paysage pour dominer la vallée. À chaque fois que Lucie se retrouvait devant une belle vue, elle avait envie de s'enfuir. La campagne, avec son silence qui sentait bon, lui donnait le bourdon. La nature l'intimidait.

La maison de Calder était un ancien logis de vigneron, à flanc de colline, où, au fond d'une cour en gravier, se trouvait son premier atelier : un appentis aux vitres cassées qui abritait maintenant des engins agricoles. L'endroit semblait suffisamment entretenu pour ne pas tomber à l'abandon, mais pas assez pour être habité.

Lucie escalada le mur et, en trois enjambées, fut en mesure de baliser les alentours en repérant sur les arbres les marques où l'Américain suspendait ses mobiles pour les mettre à l'épreuve du vent ; avant de traverser la route à la recherche de la grange où Calder réalisait ses gouaches. Quand, soudain, écartant les branchages d'une haie pour y passer la tête, une dame l'interpella :

« Bonjour, je peux vous aider ?

— Oui ! Je cherche l'ancienne Gouacherie d'Alexander Calder.

— Vous y êtes ! » répondit un homme qui devait être son mari, tout en l'invitant à entrer à l'intérieur.

Avec son plafond plus bas qu'un ciel du plat pays, La Gouacherie était un charmant petit tombeau en pierres humides où ce couple de Parisiens passait ses week-ends. La femme, qui s'appelait Marie-Jo, lui raconta que, tous les matins, lorsqu'il venait peindre là, Calder devait baisser la tête pour passer le seuil de la porte. Un signe d'humilité qui illustrait bien l'état d'esprit et de recueillement avec lequel l'artiste commençait son travail. À l'époque, ses parents à elle, les Suret, étaient les voisins des Calder. Petite, elle allait souvent chez eux avec son père Ray. Elle se souvenait du lustre dans la cuisine que Sandy avait fabriqué avec des moules à gâteaux, d'un serpent japonais rouge et blanc accroché au plafond au-dessus du frigo, et des tapis en laine multicolore tissés par son épouse Louisa, qui parsemaient le sol de la maison. Marie-Jo montra à Lucie la grande cheminée devant laquelle Sandy faisait sécher ses aquarelles. La table en bois où il travaillait, debout, toujours debout, insista-t-elle d'une voix douce. Les pots en grès dans lesquels il rangeait ses pinceaux.

À la vue des éclaboussures de peinture sur les tomettes, comme des taches de sang que le dévoreur d'acier avait omis de faire disparaître, Lucie sentit monter en elle une sève qui lui dilata la poitrine. Ce qu'elle aimait, dans l'art, c'était les traces de lutte que l'homme laissait dans la matière.

« Ici, à Saché, tout le monde l'aimait, crut bon d'ajouter le mari. Et quand Sandy se rendait au village, tous les commerçants sortaient dans la rue pour le saluer… »

En l'écoutant, Lucie se demanda comment, avec des infos pareilles, elle allait retrouver les papiers certifiant l'origine du stabile. Et l'idée d'avoir à rembourser les cinq mille ballons de ses honoraires à Simon Bret lui vrilla le nombril. Quand, au moment de prendre congé, le couple de Parisiens laissa traîner dans la conversation qu'il ne leur restait plus rien de leur célèbre voisin, « à part nos souvenirs bien sûr, qui n'ont pas de prix… »

« Et *Moustipic* ! soupira la femme en désignant, au mur de l'entrée, une grosse clé accrochée à un clou.

— *Moustipic* ?

— Oui, *Moustipic*, ajouta Jérôme, le mari. Sandy avait toujours des bouts de fer dans la poche… Et en deux temps, trois mouvements, il vous fabriquait n'importe quoi ! »

En s'approchant, Lucie réalisa que la figurine qui faisait office de porte-clés était la version microscopique du stabile retrouvé dans le club de vacances. Toutes les cloches se mirent alors à carillonner dans sa tête. Ce *Moustipic* de Calder était peut-être le « *rosebud* » qui allait lui permettre de remonter jusqu'à sa source. Puis elle se raisonna : « Calme-toi, ma petite fille. Et méfie-toi des bonnes idées, ce sont des illusions d'optique, des baguettes magiques censées faire gagner du temps, qui peuvent se transformer en obstacles sur ton chemin. »

Sur le pas de la porte, Marie-Jo confia à Lucie, d'une voix tremblante, qu'à ses heures perdues, elle écrivait, en lui glissant dans la poche le recueil de poésie qu'elle avait autoédité, qui avait la délicatesse d'un petit mouchoir brodé.

Dehors, le soleil dans le ciel avait prié les nuages d'aller jouer ailleurs. Le temps était splendide. Lucie n'avait jamais vu la campagne aussi rayonnante ; vraiment, quelle belle femme ! Elle démarra en trombe, réalisant trop tard que la fumée de son pot d'échappement venait de repoudrer les cerisiers en fleurs. Première, deuxième, troisième. Tandis qu'elle passait les vitesses, la route égrenait les villages, comme un chapelet magique, comme autant de chapitres…

Deuxième partie

1

L'abstraction, quel trip !

Touraine, France, 1961

À Saché, petite commune d'une centaine d'habitants, blottie dans les méandres de la vallée de l'Indre, une femme s'apprête à faire cuire un poulet. Elle habite en bordure de la nationale, la maison dite « de François Ier », au portail déglingué avec une pancarte « Chien méchant ». Cette femme n'est pas n'importe qui, c'est la petite-nièce de l'écrivain Henry James. Elle sait jouer de l'accordéon mieux que Georges Braque. Et comme le pense souvent son Yankee de mari en l'observant le soir au coin du feu, Louisa est la preuve vivante que l'on peut rester belle jusqu'à son crépuscule, et que les meilleures crèmes de beauté sont celles que l'on trouve en pot au fond de son âme. Pourtant, la Joconde américaine, comme la surnomment les gens du pays, ne rit jamais, et personne au village ne peut se vanter d'avoir jamais vu ses dents. Elle se contente de sourire mystérieusement en inclinant son doux visage, les yeux voilés d'un certain détachement qui lui rend la vie plus agréable. Sa cuisine, son royaume, ressemble à une grotte à cause des murs humidifiés par le fleuve voisin. La plupart des ustensiles dont elle se sert, couteau, fourchette, louche, égouttoir, passoire, ont été fabriqués par son mari. Un monde enchanté, du sol au plafond, qui lui rappelle à chaque instant que l'homme qui partage sa vie a tout prévu pour l'embellir. Même la grille du barbecue, bricolée avec le dossier d'une chaise de jardin, ou le morceau de ferraille ramassé au cimetière qu'il a transformé en tournebroche, émanent de son imagination. La seule chose qui ne soit pas de lui, dans la pièce, est un tableau de Miró des années 1920, accroché au mur à la place du calendrier des Postes.

« Les Davidson ne viendront pas cette année », soupire-t-elle en piquant sa fourchette dans la cuisse du poulet.

Son regard glisse à travers la fenêtre. Au milieu de la cour, un mobile tourne au gré du vent. La nuit est tombée d'un seul coup, comme un rideau. Seul l'atelier de Sandy reste éclairé. Dans le noir, sa structure métallique tisse une toile d'araignée translucide autour de son établi où s'entassent pinces, tenailles, marteaux, limes et plaques en laiton, un matériel ordinaire. Tout le temps que Sandy passe en dehors d'ici est pour lui du temps perdu. Louisa le sait depuis le premier jour…

Pour ses vingt-quatre ans, son père lui avait promis un voyage en Europe. Ses amis, qui revenaient de Paris, étaient unanimes : « *It's the place to be!* »

« Montparnasse est un vivier d'artistes qui font bouger les lignes ! »

Juste avant que la crise de 29 ne s'abatte sur l'Amérique, la jeune femme, emmitouflée dans une longue écharpe en renard argenté, était partie là-bas avec le désir secret d'approcher l'élite intellectuelle de sa génération. Mais au pays de la tour Eiffel, la touriste américaine s'était heurtée aux portiers d'hôtel et aux chauffeurs de taxi, qui lui avaient fait découvrir ses incroyables fromages français. Désespérée de n'avoir pu rencontrer un seul peintre, un seul sculpteur, un seul écrivain avec qui elle aurait pu fumer, boire et se coucher tard, Louisa était repartie pour l'Amérique. Et c'est en embarquant au Havre, qu'elle repéra sur la passerelle, un garçon avec une moustache de phoque dont la chemise imprégnée de sueur laissait transparaître le relief des muscles, emmêlés comme du cordage. À la façon obstinée qu'il avait de se cramponner à ses deux grosses valises, et de refuser l'aide du personnel, elle s'était demandé ce que celles-ci pouvaient contenir… Peut-être le butin du hold-up de la place de l'Opéra dont parlaient les journaux ?

Un peu plus tard, dans l'après-midi, Louisa l'avait aperçu sur le pont, accoudé au bastingage et, ensemble, ils avaient échangé leurs impressions sur la traversée de Charles Lindbergh, qui avait eu lieu quelques jours auparavant. Le jeune homme, qui était au Bourget lors de l'atterrissage de l'aéroplane, lui décrivit la foule en liesse autour du terrain lorsque l'aviateur était sorti du cockpit. Et le moment complètement *crazy* où Lindbergh avait échangé sa combinaison de pilote contre le costume trop petit d'un conseiller de l'ambassade américaine, avant d'aller saluer les Parisiens sur le balcon de l'Hôtel de Ville… L'inconnu avait une façon troublante de la regarder par en dessous, comme s'il cherchait à la voir sans être vu d'elle. Et quand ce fut à son tour de parler, Louisa trouva soudain sa vie bien insignifiante. Elle lui avoua qu'elle s'était ennuyée à Paris, où elle avait passé la plus grande partie de son séjour debout sur la plateforme arrière d'un autobus, à regarder défiler les réverbères et les immeubles noircis par le chauffage central. Elle était bien allée boire un verre au Select, un bar de Montparnasse recommandé par son guide, mais elle n'y avait croisé que des Américains fuyant la prohibition, qui ne parlaient que du taux de change avantageux du dollar… Le seul souvenir amusant qu'elle conserverait des Français, c'était cette manie de s'embrasser pour un rien. Un aller/retour sur chaque joue, auquel elle avait pris goût.

« Depuis, je me sens d'humeur à distribuer des *kiss* à tout l'équipage ! » s'était-elle exclamée en étirant les bras vers le ciel.

Ses cheveux courts, brassés par le vent de l'océan, dessinaient des petits serpents autour de sa tête.

« Vous ressemblez à une méduse, l'avait taquinée l'inconnu.

— Vous parlez comme un artiste !

— Mais j'en suis un ! »

Le jeune homme avait commencé à lui expliquer qu'il créait des sculptures avec des fils de fer, mais la petite-nièce d'Henry James n'avait pas eu l'air de comprendre de quoi il parlait précisément.

« Je fais des dessins dans l'espace !

— Ah ! » avait-elle soupiré en humant la fumée de la Gauloise qu'il venait d'allumer.

Cette bohème qu'elle avait tant cherchée à Paris, c'était peut-être ici, sur ce bateau qui la ramenait en Amérique, dans le regard de son compatriote, qu'elle allait pouvoir enfin l'approcher…

Le jeune homme lui avait appris qu'il était sculpteur, et que, dans sa famille, ils l'étaient tous depuis trois générations, de la même façon qu'ils portaient tous le même prénom, Alexander ; pour le distinguer de *Pa* et *Grandpa*, à la maison, sa mère l'appelait Sandy.

« Sandy Calder, ravi de vous rencontrer.

— Louisa James, ravie de vous rencontrer aussi. Dites-moi, Sandy, ce doit être merveilleux, d'être né dans une famille d'artistes ? »

Afin de ne pas la décevoir, le jeune homme se garda de lui raconter que son père qualifiait son travail de bricolage qui n'avait rien à voir avec l'Art, et, sans trembler, il prit sa main dans la sienne :

« Il y a un vieux smoking qui traîne au fond de ma valise. Vous venez ? »

Les bouchons de champagne pétaradaient sous la voûte étoilée. Comme Zelda et Scott avait dû le faire avant eux, Sandy et Louisa dansèrent au rythme endiablé de l'orchestre, s'enivrant de sentir leur peau frôler l'espace et le temps, jusqu'à ce que le jeune homme n'ait plus un dollar en poche pour attendrir la nuit. Mais leurs corps, comme après une flambée, frissonnaient encore de mille braises, et, avant de regagner leurs cabines, ils marchèrent ensemble un moment sur le toit du paquebot en longeant les courts de tennis, comme si, sans se concerter, ils avaient conclu un pacte pour aller dans la même direction. Et déjà dans l'obscurité, l'œil de Sandy, telle une lampe de poche, éclairait toutes les jolies choses à voir sur le visage de Louisa. La conversation devint plus intime, leurs pas plus hésitants. Sandy évoqua la beauté des rues de Montparnasse au petit matin et les pavés luisants après la pluie. La quincaillerie de l'avenue d'Orléans où il allait acheter les bobines de fil de fer pour créer ses petits personnages, qu'il trimballait dans ses valises comme un voyageur de commerce. Les spectacles improvisés, chez les uns et chez les autres, qui, derrière son dos, se demandaient tout bas comment ce gros balourd d'Américain avait pu concevoir un monde aussi subtil. Même si tous ses nouveaux amis s'accordaient à trouver que ses figurines étaient poétiques et charmantes, Sandy n'était pas dupe, ceux qui prenaient son travail au sérieux se comptaient sur les doigts d'une main… Breton, Miró, Léger, Man Ray, Foujita et Desnos, Mondrian peut-être ? Sa rencontre avec le peintre néerlandais lui avait retourné la tête, comme un acide. Hallucinantes, ces couleurs primaires, ces lignes droites et ce quadrillage parfait. L'abstraction, quel *trip* ! Sa source d'inspiration serait dorénavant le cosmos. Il allait découper ses planètes mortes dans de l'acier et placer des tiges de fer derrière chacune d'entre elles pour former un univers d'émotions suspendues qui frémirait au gré du temps. Persuadée qu'il allait le faire, Louisa, restée silencieuse à ses côtés, l'écoutait en surveillant du coin de l'œil la lune en embuscade dans la nuit tiède, telle une machette prête à décapiter les étoiles aux premières lueurs du jour.

2

Les piqûres sont les traces de ses baisers

Sandy remonte de la cave, les bras chargés de bouteilles, traverse la cour et lève la tête vers le ciel piqué d'or. À chaque fois, il a une pensée pour le créateur de ce mobile aux attaches invisibles, comme des gommettes collées à la nuit. Lorsque le chien des voisins se met à aboyer. D'un jardin à l'autre, on entend tout ce qui se passe. Les Chevalier habitent une maison de pays dont les fenêtres sont en verre de Murano, cerclées de béton. À la tombée de la nuit, quand l'électricité s'allume à l'intérieur, on croirait une chapelle. Ray Chevalier exerce la profession de maître-verrier, il a réalisé les vitraux de l'église de Montrouge à la Libération. Son vrai prénom est Raymond, mais ce toqué de jazz trouve qu'une consonance anglo-saxonne donne de la patine à un nom d'artiste. Sandy apprécie ce garçon plus jeune que lui, qui joue de la trompette au coucher du soleil. Au cours d'apéritifs improvisés dans la cour de la maison de François Ier, l'Américain ne se lasse pas de l'écouter raconter comment, au début de la guerre, avec ses camarades de classe Serge et Marcel, ils ont quitté l'île de Sein pour rejoindre de Gaulle à Londres. De la même façon que Louisa s'entend bien avec sa femme, une institutrice exaltée qui, tous les soirs, noircit les pages de son journal intime. Quant à leur fille Marie-Jo, c'est un véritable petit Balthus qui passe ses après-midi à jouer à la marelle, sur le chemin près de la rivière, en comptant les points qui séparent le Ciel de l'Enfer. Et le matin, quand l'Américain va chercher son courrier au village et qu'il l'aperçoit toute seule sur le bord de la route, il la fait monter dans sa vieille DS break pour la déposer à l'école.

« *Darling* ? »

À chaque fois que Sandy entre quelque part, il y a péril en la demeure à cause de son corps de géant fait pour vivre en plein air. En refermant la porte, il pose le vin sur une table de ferme où s'entassent de vieux exemplaires du *Herald Tribune*, puis, de sa démarche de bébé chancelant, il va embrasser sa femme. Voit-elle un inconvénient à ce que les Chevalier viennent dîner ce soir avec leurs amis qui arrivent de Bretagne ? Comme toujours, Louisa répond que non, bien entendu, ils l'aideront à couper le poulet.

mains pour les encourager à venir. Louisa actionne le bras du tourne-disque et les trompettes rouspètent le début du spectacle. Pleins feux sur M. Loyal dans sa queue-de-pie noire ! Un individu peu recommandable, dont la tête en liège est taillée dans un bouchon, fait son apparition au centre de la piste.

« Mesdames et messieurs, je vous présente le cirque Calder ! »

Entre les numéros, ses longs bras ailés se déploient à l'arrivée des artistes : un cow-boy surgit sur scène au galop et attrape un bœuf au lasso. Puis c'est au tour d'une écuyère, en équilibre sur un cheval qui n'en finit pas de tourner, suivie de Fanny la danseuse du ventre, un gros loukoum actionné à la manivelle qui roule des hanches. Tapi dans l'ombre, Sandy, en sueur, envoi des gifles sonores aux clowns et, d'une pichenette, expédie en l'air les acrobates. La mécanique qu'il a mise au point triomphe. Pas un seul lanceur de couteau ne rate sa cible, ni un acrobate un saut périlleux, pas une trapéziste ne loupe son élan en tombant dans les filets ! Cramponnée au tabouret, la petite Marie-Jo retient son souffle. Quand tout à coup, la figurine en barbelé réapparaît au centre de la piste, calé entre un pouce et un index :

« Mesdames, messieurs, faites un triomphe à Moustipic ! »

Mais la gamine se met à hurler, tellement fort que Louisa porte les mains à ses oreilles en faisant signe à son mari pour qu'il arrête tout. Tout de suite !

« *Okay, don't cry, darling.* Si tu ne l'aimes pas, on va le donner aux fauves, ils adorent manger les mousticos… »

Et dans un rugissement maison, Sandy Calder envoie le bout de fil de fer au fond de la cage aux lions.

3

À l'âge de 8 ans, Mick Jagger a perdu un bout de langue au basket

Que Pat lui téléphone tous les jours pour signaler que Brown et Sugar s'étaient encore échappés dans la rue et qu'il fallait qu'elle aille les chercher avant qu'ils ne finissent en terrine, Lucie pouvait l'entendre. Après tout, ses chats, c'étaient ses gosses. Mais que ce vieux chimpanzé de Didier qui n'en branlait pas une, et qui passait des journées entières suspendu aux arbres de la villa Santa Clara pour améliorer ses positions de yoga, lui fasse remarquer qu'elle avait une mine d'endive, c'en était trop ! Parce que depuis deux semaines que Lucie était enfermée chez elle devant son putain d'ordinateur en bouffant du putain de canard laqué, elle ne voyait pas comment elle aurait pu attraper des putain de coups de soleil !

Dans un premier temps, elle avait avalé toutes les biographies sur Calder qu'elle avait pu trouver. Ensuite, elle avait laissé cette matière sommeiller au fond d'elle en essayant d'oublier ce qu'elle savait, car plus elle apprenait de choses sur l'artiste américain, moins elle avait l'impression de cerner sa personnalité. Comme si la connaissance asphyxiait l'instinct.

Il ne fallait pas se fier aux photos des livres où, dans sa chemise en flanelle rouge, il ressemblait à Winnie l'ourson. Alexander Calder était un génie et ses œuvres, identifiables au premier regard, se trouvaient dans les musées du monde entier. Tout au long de sa vie, son travail n'avait cessé d'évoluer, de ses débuts avec le cirque, à ses sculptures monumentales. Il était capable de passer de l'intime à l'universel, de l'artisanal à l'industriel, en gardant intact son univers poétique, et Lucie comprenait maintenant pourquoi ses stabiles valaient plus cher que des châteaux.

Pourtant, force était de constater qu'il n'y avait pas matière à écrire un roman sur la vie de cet homme qui, jusqu'au bout, avait gardé la même femme, ce père de famille qui aimait ses enfants et respectait ses parents, ce type généreux qui n'hésitait pas à sortir une bonne bouteille de sa cave pour la partager avec les ouvriers agricoles du coin, cet artiste reconnu de son vivant dont la célébrité n'avait rien changé à son comportement. Et qui, tous les jours que Dieu faisait, prenait un plaisir simple à créer sans ressentir le besoin de se couper une oreille ou de se jeter d'une falaise…

Lucie était en train de somnoler sur son bouquin lorsque toutes les lucioles du jardin de la villa Santa Clara se mirent à clignoter aux premiers accords de « Gimme Shelter ». Et soudain, un esprit *voodoo* s'empara de son âme car, ce soir, c'était la fête de Patrick.

Chaque année, le 26 juillet, Pat invitait tous ses potes, les amis de ses potes et tous les amis des amis de ses potes, pour célébrer l'anniversaire du ouistiti des Stones à la bouche XL qui, à 80 ans encore, avec ses hanches d'écolière et son micro-tee-shirt qui remontait sur le nombril, s'obstinait à habiter le même espace spirituel.

Pat n'avait jamais raté un concert du leader des Stones. Là aux abattoirs, à l'hippodrome, à L'Olympia, au Stade de France ! Où ce vieux grognard chaloupait en fredonnant en yaourt devant celui qui, en arpentant la scène dans un pantalon en satin, avait fait plus de dégâts chez les jeunes que la guerre du Viêt Nam. Les meilleurs musicos de Panam débarquaient alors avec une bouteille de vin, les plus chanceux avec une fille… et ceux qui n'avaient plus une tune, avec leur guitare. Tous curieux de savoir ce que devenait la vedette de *Moules-frites* ; rassurés de constater que si Patrick n'avait pas changé, eux non plus.

« Salut !

— Comment elle va ?

— Mieux, cela serait trop dur pour toi, chéri ! »

Lucie se dirigea vers la piste où elle se mit à danser devant un parterre de papys pétards. Quand elle dansait sur « Wild Horses », elle était en état de mort cérébrale ; surtout quand elle imaginait, derrière son dos, Keith piquer du nez en griffant sa guitare. Mais à la fin du morceau, ce fut Patrick qu'elle rejoignit à l'embouchure du couloir. La musique, les gens, les petits pélicans roses imprimés sur sa chemise et même l'affiche collector de *Voodoo Lounge* dans la cuisine, tout était top, ici. Et surtout, qu'il ne s'inquiète pas pour son loyer, avec les cinq mille ballons qu'elle devait toucher la semaine pro, ce serait une affaire réglée… Pat, impérial, fit semblant de la croire. Puis, sans que personne ne lui demande quoi que ce soit, l'acteur se mit à raconter le scénario qu'il était en train d'écrire. En deux mots, l'histoire d'une fille de 18 ans, une bombe, qui allait tomber follement amoureuse d'un mec plus âgé, un type dans son genre dont les traits burinés expriment le charme de l'expérience : un rôle sur mesure. Pour des questions de budget, la villa Santa Clara servirait de décor au film. À ce propos, il rappela à Lucie qu'elle devrait dégager pendant le tournage pour laisser son appartement aux comédiens… Pareil pour Didier et Amaury, et qui auraient bien fait de commencer à chercher maintenant !

Dès qu'il avait fumé un pet, Pat brandissait l'arme nucléaire, mais personne ne le prenait au sérieux vu que, depuis le temps, il n'avait toujours pas écrit la première ligne des dialogues de son film. Profitant d'un moment de répit dans son monologue, Lucie tenta une ouverture et se mit à parler d'elle, de son enquête sur le Calder mais, sentant que la conversation allait bifurquer sur quelqu'un d'autre que lui, sans explication, Pat la planta là pour aller chercher la lumière sous d'autres regards.

« J'ai les oreilles qui bourdonnent comme des ruches, viens, suis-moi ! On sera plus tranquilles là-bas pour discuter », hurla un copain de Didier, trésorier du fan-club de Mick Jagger à Lausanne, dont Lucie avait fait la connaissance l'année précédente dans le car, lors du voyage organisé pour l'expo *Unzipped* au stade Vélodrome.

La soirée se poursuivit dans la salle de bains, où la jeune femme passa une bonne partie de la nuit assise en amazone sur le bord de la baignoire, à l'écouter lui raconter combien Mick, petit, était un enfant facile qui aidait sa mère dans les corvées ménagères, qu'avant de chanter « Sympathy for the Devil » dans les stades, il récitait le bénédicité à table, que ce vaurien pouvait prendre tous les accents et imiter n'importe qui, à commencer par son prof de gym de père, dont il avait hérité un sens aigu de la bougeotte. À l'âge de 8 ans, il avait perdu un bout de langue au basket, qu'il avait avalé ensuite sans faire exprès pour son goûter… Il pleurait aussi beaucoup lors des disputes dévastatrices avec ses fiancées, mais jamais longtemps parce que Mick s'attardait rarement sur le passé, il était toujours sur la piste d'une fille, à renifler la prochaine.

L'idole interplanétaire était l'heureux propriétaire d'un micro-pénis de la taille d'une saucisse d'apéritif et avant les concerts, il devait enfiler une chaussette autour de son sexe pour lui donner du volume … Les trois petits points correspondaient à ce que le copain de Didier se mettait dans le pif, raison pour laquelle son éloquence avait la simplicité d'un cri. Tout en se traçant un dernier rail pour la route sur la cuvette des chiottes avec sa carte Navigo, il demanda à Lucie pourquoi elle restait enfermée chez elle toute la journée avec cette tête de moineau empaillé et s'inquiéta de savoir si elle se nourrissait bien, avec des bons produits, sans engrais chimiques, sans gluten, sans conservateurs et sans huile de palme. Sans avis sur le sujet, Lucie lui demanda si sa coke était coupée car elle se sentait un peu speed, avant de repartir dans sa casbah sans cuisine.

Une fois dans son lit, comme elle n'avait pas sommeil, elle alluma son ordi. Et tout en passant sa langue sur ses gencives pour mieux sentir l'amertume de la coke, elle regarda sur la toile ce qu'elle pouvait trouver sur ces fameux villages vacances famille à qui la holding belge propriétaire des clubs Caramba avait racheté celui de La Traîne-les-Pins, en 2002.

Fondée après la guerre par deux militants de la Jeunesse ouvrière chrétienne, cette association, financée par la Caisse des dépôts, avait pour vocation de favoriser les loisirs des classes populaires. Soutenue par le général de Gaulle, qui, exaspéré par les Français, ces veaux qui passaient leurs étés sur les plages espagnoles, avait encouragé l'installation sur le territoire national de ces infrastructures touristiques, inspirées des kibboutz, construites sur les plus beaux sites du littoral… À la fin de la fiche Wikipédia, un encadré stipulait que 1 % du budget de la construction devait servir à soutenir la création d'un artiste contemporain : une subvention indirecte du gouvernement de l'*époque* pour les aider en intégrant une *œuvre dans un projet architectural.* Tiens, tiens !

Avant de s'endormir, Lucie nota sur un bout de papier l'adresse de la cité de l'architecture, en se promettant d'aller y faire un tour. Sauf que le lendemain, lorsqu'elle se réveilla, il y avait tellement d'embouteillages dans son cerveau que dès qu'elle voulut mettre un pied par terre, une horde de chauffards hystériques se mit à klaxonner sous son crâne.

À la radio, la journée était classée rouge à cause des manifestations. Le communiqué de la préfecture recommandait d'éviter le secteur de la place de la Concorde, dont les CRS, harnachés comme des footballeurs américains, bloquaient tous les accès. Le long des grands boulevards déserts, plus de colliers de voitures, d'autobus bondés d'écoliers à la fête et de vieilles peaux à vélo. Derrière ses persiennes, Paris guettait l'arrivée de la province. La ville nue, avec ses balcons affriolants et ses ponts comme des lanières attachées à la cheville du fleuve, s'offrait à ceux qui s'y aventuraient. Dans cette ambiance de couvre-feu, Lucie se faufila à travers les rues privatisées, à l'abri du tumulte, avec le pressentiment étrange que tout pouvait basculer d'un moment à l'autre. La clameur de la foule unie par la colère commença à se faire entendre au loin, sans que la jeune femme puisse distinguer l'objet de ces revendications, qui lui apparurent soudain comme les mêmes qu'hier, qu'au siècle dernier, qu'avant J.-C. L'encéphalogramme de l'Histoire, avec ses pics de guerres et de paix. Lorsqu'en traversant le quartier chinois, elle se retrouva entraînée par une foule bariolée, escortée dans le ciel par le bourdonnement d'un hélicoptère, telle une musique de film qui en accentuait l'intensité dramatique. Avec, en début de cortège, les chars des syndicats qui précédaient le carnaval.

Flash-ball et confettis. Masques à gaz et lunettes de ski. Ballons, fumigènes et feux de poubelles. Pétards, drapeaux et cris de haine. L'escadron à moto de la milice cagoulée de Dark Vador, avec des prénoms comme il n'en existe pas encore sur les monuments aux morts.

« Entrez vite ! » lui ordonna un individu, tout en actionnant le roulement mécanique d'un rideau de fer.

Le service des archives était plongé dans l'obscurité, éclairé à certains endroits par le halo des portables de quelques rescapés du quartier qui textotaient des nouvelles à leurs proches. Lorsque l'électricité se remit en marche, Lucie gribouilla sur une fiche l'objet de sa recherche en trois mots-clés : *VVF / La Traîne-les-Pins / Calder.*

La taille de la boîte qu'on déposa sur la table était disproportionnée par rapport à ce qu'elle contenait : un vieil annuaire professionnel du bâtiment et une revue d'architecture dont la couverture représentait une vue aérienne du site de La Traîne-les-Pins. À l'intérieur, Lucie tomba sur un reportage en noir et blanc consacrée à la soirée d'inauguration du club où des petits personnages sortis d'un film de Jacques Tati, un *drink* à la main, rassemblés autour de la piscine, souriaient en regardant l'objectif, avec en arrière-plan, sur les photos, un truc noir, comme un bout de quelque chose, un pic, une corne, une patte qui aurait pu appartenir à *Moustipic*, mais être tout aussi bien un pan d'ombre à la forme géométrique. Lorsqu'en tournant la page, Lucie manqua d'avaler son chewing-gum. Appuyé contre le fameux stabile, un homme vêtu d'une veste en tweed prenait la pose du chasseur exhibant son trophée. La légende en dessous mentionnait son nom : M. Georges de la Vigne, directeur régional de la Caisse des dépôts. Le cœur battant, la jeune femme retourna la revue pour voir la date qui figurait sur le côté : juin 1969, avant de lever le poing et de l'abaisser comme un levier de machine à sous.

Ce cliché prouvait que le stabile appartenait bien au club Caramba, puisqu'il était déjà sur les lieux à l'époque.

« La voilà, sa preuve ! » hurla-t-elle triomphante, tout en sortant son portable pour la prendre en photo.

4

Dans la poche de son blazer, un bip ricocha sur son cœur

L'appartement aux lignes épurées, avec ses larges baies vitrées, donnait sur l'esplanade du Trocadéro qui était plongée dans la nuit. À la lisière du parvis, les faisceaux lumineux éclairaient les colonnes de marbre, du bas vers le haut, du peuple à son chef, en donnant l'illusion qu'à tout moment le fantôme de Mussolini pouvait descendre l'escalier pour rejoindre les invités dans la salle à manger. À table, la conversation tournait autour de la rencontre du président américain avec son homologue chinois mais il faut dire qu'à l'époque, toutes les conversations des dîners en ville buggaient autour de l'arrivée imminente de la guerre. En passant au salon, alors que le maître d'hôtel s'apprêtait à servir des alcools forts aux hommes et de la tisane aux femmes pipi, le débat bifurqua sur l'Europe, cette vieille fille anorexique qui déguste des pâtisseries. Un haut fonctionnaire à la BBI rappela que dans chaque Français réside un révolutionnaire qui fait la grève, dans chaque Anglais un marin alcoolique et courageux, et que, l'Allemagne est le peuple le plus féminin d'Europe, qui ne mystifie la mort qu'à partir du moment où elle est collégiale, en citant l'accident de la German Wings. Quant à la Russie, elle se nourrit de sa mélancolie, telle une grosse chatte qui dévore le placenta de ses chatons. Pour conclure entre deux gorgées de cognac que l'époque était moite comme les mains des hommes politiques sur les marchés en province. Pris d'une irrésistible envie d'aller se coucher, Simon Bret s'était mis en mode veille. Ces conversations qui n'en finissaient pas l'assommaient. Il repensa à la fille qu'il venait d'engager. Cette Lucie de Clichy, comme la place. Il aimait bien ce nom d'image pieuse, aux senteurs de foutre et d'encens en harmonie avec ses cheveux qui bruissaient sur ses épaules comme une forêt en mouvement. Lorsqu'elle avait débarqué dans son bureau, Simon n'avait pas pu détacher son regard de cette jeune sorcière habillée tout en noire, qui, comme toute une génération de femmes, s'obstinait à porter le deuil de son adolescence. Pendant l'entretien, elle n'avait cessé de gesticuler sur sa chaise pour lui faire comprendre qu'il perdait son temps à lui expliquer les choses qu'il attendait d'elle puisqu'elle les connaissait déjà… Quand, dans la poche de son blazer, il sentit un bip ricocher sur son cœur comme un petit caillou. Et tout son corps, tel un navire de guerre en position de repli qui rentre ses canons, mit le cap en direction de la maîtresse de maison pour prendre congé.

Il habitait rive droite, dans un appartement où, à certains endroits du salon, plongé dans l'obscurité, la lune mauvaise dardait ses rayons sur le parquet où était entreposée, à même le sol, une série de dessins que, par déformation professionnelle, le soir venu, il retournait contre le mur pour les protéger de la lumière nocturne. Puis, comme à son habitude, il alla s'étendre sur le divan avec un cigare et consulta ses messages :

Lucie de Clichy. Aujourd'hui 00 h 12 :

Trouvé trace de votre stabile dans une revue d'architecture datant de 1969… Ce qui prouve qu'il était bien installé sur le site de La Traîne-les-Pins à cette époque, soit depuis cinquante-deux ans et qu'il appartient au club Carambaaaaaaaaaaaaaaaa nnnnnnn, kkkkkk, ffff.

Mlle de Clichy devait être fatiguée, songea en souriant le commissaire-priseur.

Good job! pianota-t-il en retour.

Mais pas suffisant. J'ai besoin d'une trace écrite… avant de vous inviter à dîner pour fêter la victoire.

Vous aimez la cuisine chinoise? Je connais le meilleur canard laqué de Paris.

Son SMS resta sans réponse, elle avait sans doute éteint son téléphone. Et, pendant un moment, Simon observa les volutes de fumée qui déroulaient au plafond un tapis de nénuphars; en songeant à cette fille dont la silhouette, comme un dessin au fusain, s'estompait au bout de ses doigts dès qu'il essayait de se souvenir à quoi elle ressemblait.

5

Would you know my name

Depuis qu'un des chats de Pat s'était fait renverser par un scooter, Lucie n'avait pas avancé dans son enquête. Elle avait dû emmener Brown en taxi chez le vétérinaire à Nanterre (50 €), lequel, constatant qu'il fallait l'opérer d'urgence, l'envoya à la clinique des animaux à Charenton (80 €). Frais d'admission à Sainte-Brigitte (40 €). Location de la salle opératoire (20 €), honoraires du chirurgien (200 €), ampoule d'anesthésie (15 €), pansements (10 €). Quarante-huit heures de perfusion sous la surveillance d'une aide-soignante (90 €), antibiotiques (23 €) et visite de contrôle post-opératoire deux semaines plus tard. En tout, elle en avait eu pour 453 € de sa poche, car il n'existe pas de sécu pour les chats.

Brown était de retour sur son radiateur où il entamait sa convalescence. Sugar l'avait rejoint au pied du lit. Deux chats, deux ronronnements qui en couvraient un troisième, celui du minifrigo dans la salle de bains. Un gospel d'enfer. Dès que Lucie essayait d'envoyer un SMS au commissaire-priseur, Sugar, croyant qu'elle voulait jouer avec lui, bondissait sur son téléphone portable. Les coussinets sous ses pattes dérapaient sur le clavier en laissaient des traînées de lettres en pagaille. Sous l'effet de l'écriture automatique, son écran se transformait en champ magnétique. Lucie n'osa pas imaginer ce que Simon Bret pensait d'elle maintenant. Lui, si raffiné, qui prenait la vie avec des pincettes et ressemblait à l'antiquaire de Paul Morand dans *L'Homme pressé*. Sur les photos dans les magazines d'art, il apparaissait seul au vernissage, sans femme à son bras. Avait-il, comme Mick Jagger, eu ses plus grands chagrins d'amour avec des hommes ?

Lucie cliqua sur les croix qui refermaient les icônes, en pestant tout bas contre cette façon si puérile qu'elle avait de se préoccuper de choses futiles, alors que, dehors, les gens avaient faim et froid et qu'on était sans doute aux portes de la Troisième Guerre mondiale. Depuis le temps qu'on l'attendait, celle-là, personne ne l'espérait plus. Et puis elle avait débarqué à la villa Santa Clara alors qu'ils étaient tous dans le jardin, Lucie allongée sur une chaise longue à se faire brunir l'intérieur des jambes, Amaury et Didier à arracher les mauvaises herbes du carré de marijuana autour de la

Sainte Vierge, et Pat qui, avant d'arroser ses plantations, avait allumé BFM pour écouter la météo. Les baies vitrées du salon étaient grandes ouvertes, quand un flash spécial avait annoncé l'ouverture des combats et ils étaient tous rentrés à l'intérieur, abasourdis. Scotchés sur le canapé, jusqu'à la nuit tombée, à attendre les premiers morts. Il faut savoir que les contes de leur enfance étaient ceux de la Résistance et que cette génération, sans avoir vécu la guerre, avait été élevée dans son souvenir et dans la crainte qu'elle revienne. Lucie, qui était plus jeune, avait elle aussi été dressée par la Mouche, comme un chiot renifleur, à détecter, dans la personnalité de ses copines de classe, les gènes des futures collabos.

Oui, toute leur vie, Pat, Didier, Amaury et Lucie avaient été hantés par la question de savoir ce qu'ils auraient fait à l'époque. Sans aller jusque-là, celle qu'ils se posaient aujourd'hui, écroulés sur le canapé, était de savoir s'ils devaient héberger des réfugiés à la villa Santa Clara. Sur le principe, tout le monde était d'accord, il restait un studio de libre au-dessus du garage, mais quand on regardait de près la situation, dans la vraie vie, cela devenait plus compliqué. Amaury ne voulait pas d'une nana de peur qu'elle fasse des histoires et sur ce point, Lucie n'avait pas cherché à le contredire, trop contente de conserver son privilège de rester la seule fille à la villa Santa Clara. Quant à Pat, il n'en pensait rien, enfin si, il pensait à son film… Il craignait qu'avec la guerre, le tournage soit encore repoussé. Mais sur le fond, il n'était pas contre. À condition que la fille ait 22, pas plus. Et si possible qu'elle parle anglais, cela faciliterait le dialogue quand il la convoquerait pour le casting. Et puis, au bout de quinze jours, tous les occupants de la villa Santa Clara s'étaient habitués au bruit des bombardements à la télé, qui s'ajoutait aux sirènes des ambulances qui traversaient Paris. Et chacun avait fini par reprendre son activité. Pat à crier après tout le monde parce que ses chats étaient encore dehors, Amaury à traîner ses claquettes de luxe sur le carrelage de la cuisine, Didier à chatouiller sa guitare, et Lucie, tout à son enquête pour retrouver les papiers de *Moustipic*…

Comme le lui avait suggéré le vieux pharaon, elle finit par se rendre aux établissements Biémont, dans la zone industrielle du Menneton où, dans les années 1960 et 1970, des centaines de stabiles avaient vu le jour.

Mais chut ! Écoutez, c'est Didier qui prend sa guitare sur son balcon :

Would you know my name?
If I saw you in heaven
Would you be the same?
If I saw you in heaven

I must be strong

And carry on
'Cause I know I don't belong
Here in heaven

6

Un fantôme de stabile

Michel Coquelet lui avait donné rendez-vous devant l'entrée de l'usine de métallurgie. Au fil des années, cet excellent soudeur était devenu l'homme de confiance d'Alexander Calder. Sollicité par des journalistes du monde entier, le retraité prenait toujours beaucoup de plaisir à évoquer l'âge d'or de l'usine de chaudronnerie, du temps où elle avait acquis une notoriété internationale en fabriquant les sculptures monumentales de l'artiste, avant que le tribunal de commerce d'Orléans prononce sa liquidation. Tout en déambulant dans les entrepôts vides, il confia à la jeune femme que pour des gens comme eux, qui n'avaient pas l'habitude de voir débarquer sur leur lieu de travail des photographes, ces souvenirs resteraient inoubliables. Le bruit de ses pas, qui résonnaient sur le sol en béton de la cathédrale industrielle, jonché de publicité, le renvoyait au temps qui passe. Il se souvenait de cette fin d'après-midi de l'été 62, où l'Américain avait débarqué au volant de sa vieille DS break dans la cour de l'usine. Il portait un casque de chantier et un pantalon ceinturé à la taille par une cordelette. La maquette qu'il tenait sous son bras était composée de feuilles d'aluminium assemblées avec de la ficelle. Quand il la déposa sur le bureau de l'accueil en demandant au directeur si son usine possédait le matériel nécessaire pour l'agrandir à un huitième, soudain, il y eut un grand silence dans le hangar, et toute l'équipe s'arrêta de travailler en le regardant avec des yeux de poisson mort.

L'homme parlait du nez avec un fort accent américain, en traînant sur la fin des mots comme s'il était ivre, alors qu'il ne l'était pas. Au bout d'un moment, le directeur avait fini par comprendre ce qu'il cherchait : transposer d'une façon industrielle une œuvre artistique. En langage simple : agrandir l'objet en métal à la taille d'un dinosaure. Un gros schmilblick ! Au début, les gars ne l'avaient pas pris au sérieux. Ils étaient spécialisés dans la chaudronnerie lourde, ils réalisaient des enceintes pour les centrales nucléaires, mais les temps étaient durs, l'entreprise au bord de la faillite ne pouvait pas refuser un nouveau client. Et les ingénieurs de la maison appelés à la rescousse examinèrent le prototype.

Malgré un aspect rudimentaire, l'objet, intitulé *Moustipic,* était stable ; raison pour laquelle l'artiste le qualifiait de stabile. Selon eux, ils n'auraient pas à retoucher sa conception car ses mesures étaient précises, le tout pensé au millimètre près : l'écartement des pieds, les points de repos, sans faux aplomb. L'Américain connaissait son affaire. Du directeur au chef de projet, en passant par le simple mécano, ses connaissances techniques impressionnaient tout le monde.

Et celui que tous avaient pris au début pour un cow-boy s'avéra être un ingénieur de haut niveau. À partir de ce jour, le personnel cessa de l'appeler l'Américain.

Deux fois par semaine, Sandy faisait le trajet de Saché pour se rendre aux établissements Biémont. L'hiver, les bâtiments étaient tellement glacés qu'il empilait les tricots de corps sous sa chemise comme des bâches le protégeant du gel. Il avait la mécanique dans le sang, on sentait qu'il aimait les machines, que toute cette puissance industrielle mise à sa disposition l'excitait. Et pour apprendre à s'en servir, Sandy savait se mettre au niveau des ouvriers, sans être familier, par onomatopées, un grognement, un pouce en l'air ou un clin d'œil. Mais tout n'était pas toujours O.K. avec lui, et son humeur variait selon l'avancement du travail. L'équipe qu'il avait mise en place devait reproduire avec précision les idées qu'il avait dans la tête ; et leur marge de manœuvre restait mince. Une question d'un poil plus haut ou d'un poil plus bas. Et ceux qui s'aventuraient à émettre des considérations esthétiques étaient vite remis à leur place : l'artiste, c'était lui !

Dans un premier temps, les contremaîtres réalisaient une maquette intermédiaire, avant la définitive, qu'on passait à la soufflerie pour tester sa résistance au vent et chercher les points névralgiques susceptibles de mal réagir aux turbulences naturelles. De retour à l'usine, la découpe de l'acier et des boulons pouvait commencer. Sandy montait alors sur son échelle pour repérer les endroits où placer les renforts, qu'il marquait aussitôt à la craie. Le stabile était meulé, soudé, fixé, boulonné, puis le maître signait son œuvre au burin. Ensuite, chaque élément subissait un sablage complet avant d'être recouvert d'une couche de peinture.

Quand le peintre s'appliquait trop, il sentait la présence hostile de l'artiste américain dans son dos :

« Les traces de pinceau sont des traces humaines, ce n'est pas sale… et cela ne me dérange pas du tout qu'on les voie », protestait-il avec un fort accent américain.

Avec le recul, l'ancien soudeur trouvait que son directeur avait eu du flair. Après la guerre, toutes les villes d'Europe voulaient leur Calder, et le carnet de commandes des établissements Biémont s'était rempli.

Avant de laisser partir ses objets, Sandy les assemblait sur la terrasse de son atelier du Haut Carroit pour les confronter à la nature. Dans ces moments-là, les outils dont il se servait étaient invisibles à l'œil nu : les courants d'air, le vent, la pluie. Sandy s'arrêtait devant chacune de ses créations et, comme un père attentif évoquant le caractère de ses enfants, il trouvait ses mobiles « inquiets » et ses stabiles plus « tranquilles ».

À ce jour, Michel Coquelet ne connaissait que trois versions de *Moustipic*. Le prototype d'une cinquantaine de centimètres que l'Américain avait apporté le premier jour, la maquette intermédiaire. Et l'œuvre définitive retrouvée à La Traîne-les-Pins, sur laquelle Coquelet avait travaillé lors de la rétrospective à Saint-Paul-de-Vence ; Calder ayant renoncé à en réaliser une troisième version plus gigantesque encore, au risque de se retrouver avec une pièce d'une vingtaine de mètres intransportable et de devoir verser une somme énorme aux établissements Biémont.

Pour l'ancien soudeur, la fondation Maeght, avec ses toits amidonnés de blanc comme les cornettes d'une nonne, ressemblait à un refuge pour animaux, auquel chaque artiste avait confié le sien pour l'éternité : Braque, ses poissons, Giacometti, un chien et un chat, Miró, des oiseaux et un gros lézard, Chagall, sa colombe. Seul Asco, le berger allemand d'Aimé Maeght, circulait encore librement à travers les allées du parc.

La semaine précédant le vernissage, se souvenait Michel Coquelet, tout le personnel avait été réquisitionné pour donner un coup de main à la mise en place. L'ambiance était simple et familiale, l'installation de l'exposition, pas une prise de tête.

Le matin, un camion partait à Saché chercher les pièces à l'atelier, s'arrêtait en chemin aux établissements Biémont pour en récupérer d'autres et finissait son périple à la galerie de Paris, rue de Téhéran. Une fois le matériel redescendu à Saint-Paul-de-Vence, Calder décidait où mettre quoi. L'accrochage des gouaches ne posait pas de problème. La façade ajourée du bâtiment étant un piège à lumière, l'éclairage se faisait tout seul. Mieux que personne, Maeght savait tenir une feuille de dessin sans la casser et prendre un objet avec la douceur d'un soigneur qui caresse une bête pour la rassurer. Mais pour soulever les sculptures, une grue venait de Nice et laissait des empreintes de tank sur le gazon. Ce qui mettait en rogne le jardinier responsable de la tonte, un militant communiste combattant de la guerre d'Espagne, réduit à un boulot de coiffeur, qui devait terminer aux ciseaux les bordures autour des sculptures.

Calder donnait ensuite des indications sur le choix des écrous. En haut de l'échelle, ça boulonnait dur. *Moustipic* n'était pas le plus compliqué des stabiles à monter, mais, étrangement, ce fut celui qui posa le plus de problèmes. Calder hésitait sur l'endroit où l'installer. Dans la cour Giacometti ? Il le trouvait étouffé par les autres pièces. Alors dehors, près de la chapelle ? Le dénivellement du sol ne lui plaisait pas…

Il devenait fou et arpentait le parc comme un tronc d'arbre en marche pour repérer, dans la nature, les éléments susceptibles de mettre en danger l'équilibre de son enfant couvert de plaques d'acier. La position du soleil, les lignes obliques des pins qui fusaient vers le ciel, le tracé d'une allée ; ce n'était pas *Moustipic* qui devait s'intégrer au paysage, mais bien le paysage qui devait s'effacer devant lui pour l'accueillir comme un roi. À moins que cela ne fût le contraire parce qu'avec un génie pareil, les idées marchaient dans les deux sens, et personne ne savait jamais par quel bout les comprendre.

À la fin de la journée, Calder, n'ayant toujours pas réussi à trouver une place au stabile, hésita à le maintenir dans l'exposition. Et pendant quelque temps, *Moustipic* resta dans un coin du parc sans que personne s'en inquiète, jusqu'à la veille du vernissage où, à la nuit tombée, le staff fit un dernier tour pour vérifier les éclairages. En passant devant la sculpture en métal, Calder avait demandé au technicien de baisser le spot qui l'illuminait de façon que les visiteurs n'aperçoivent qu'une silhouette sur l'enceinte de pierre, tel un fantôme rasant les murs à la nuit tombée, un fantôme de stabile. Et toute l'équipe avait été émerveillée par la façon dont l'artiste s'était servi de l'ombre comme d'une matière première.

En raccompagnant la jeune femme jusqu'à sa voiture, l'ancien soudeur resta encore un moment à discuter. Il était sincèrement désolé de ne rien pouvoir faire pour elle, les archives de Biémont étant maintenant la propriété du tribunal d'Orléans. Il lui conseilla de contacter la Fondation Maeght pour vérifier si le stabile figurait sur le catalogue de la rétrospective de 1969.

Une fois sur l'autoroute de Paris, Lucie s'arrêta à la première station essence pour téléphoner. Mais le commissaire-priseur ne l'avait pas attendue pour contacter la petite fille d'Aimé. Là encore, le stabile ne figurait nulle part, ni dans les archives à Paris, ni dans celles de Saint-Paul. À croire que quelqu'un avait délibérément effacé toutes les traces de son existence... La dernière chance de mettre la main dessus, c'était de retrouver le type de la Caisse des dépôts, qui posait à ses côtés dans le magazine d'architecture. Un certain Georges de la Vigne. Sur les photos du reportage, lors de l'inauguration du club, il paraissait avoir une quarantaine d'années. Il devait naviguer autour des 98 ans désormais.

7

Marie-Jo, c'est toi ?

Si Nicole de la Vigne ne faisait pas son âge, c'était probablement parce qu'elle n'avait jamais renoncé aux petits plaisirs de l'existence, comme boire du rosé en fumant des Menthol extralongues. Elle avait beau essayer de réveiller son fils tous les matins pour lui inoculer le goût du travail, cela n'avait eu aucun effet sur ce grand dadais de 51 ans, qui n'ambitionnait rien d'autre dans la vie que de passer ses après-midi sur un banc de la promenade des Anglais, à éplucher des paquets de chips aux algues et à se lamenter qu'en supprimant les pesticides, on en avait retiré le goût.

À la mort de son mari, ce pauvre Georges avec qui elle avait perdu quarante ans de sa vie, Nicole avait déménagé dans le Sud pour rejoindre un groupe d'amis avec qui elle jouait au bridge jusqu'à pas d'heure en suçant des pastilles à la vitamine C. Elle habitait un immeuble de standing sur la Croisette à Cannes, avec un hall d'entrée de marbre clair, des caméras de surveillance et un Digicode en cuivre. Où, de son balcon, son fils suivait à la jumelle l'arrivée des starlettes sur le tapis rouge pendant le Festival. Sans prendre la peine de débarrasser Lucie de la boîte de pâtes de fruits qu'elle avait apportée, ce vieux chiot tout pelé l'entraîna vers le living où les attendait un plateau d'apéritifs à base de tapenade et d'Americano.

Toute la matinée, sa pauvre mère, vu qu'il n'en avait pas d'autre chez qui passer Noël, avait cherché, dans les albums de photos, d'autres clichés de l'inauguration du club de La Traîne-les-Pins, sans succès.

« Heureusement, à 83 ans, j'ai encore tout dans la *cabesa* ! expliqua Nicole de la Vigne en appuyant avec son doigt sur sa perruque bringuebalante, comme s'il suffisait d'enfoncer l'interrupteur jusqu'au fond de son crâne pour remonter le temps. Et j'ai trouvé un courrier dans les papiers de mon mari qui pourra peut-être vous aider… Georges avait fait une belle carrière dans le BTP, mais dès qu'il buvait un verre d'alcool, ce doux rêveur se prenait pour un artiste… Un peu comme toi ! » siffla-t-elle en toisant son chimpanzé de fils, en train de vider le bol de cacahuètes.

Puis elle prit une longue inspiration et se tourna vers cette Mlle de Clichy qui, soudain, lui parut être le seul interlocuteur valable dans la pièce.

À la fin des années 1960, son mari était en charge des programmes immobiliers financés par la Caisse des dépôts. Dans le cadre de ses fonctions, il s'était occupé de l'implantation des Villages vacances famille sur la Côte d'Azur. Le terrain retenu pour celui de La Traîne-les-Pins étant dans une zone non constructible, le maire avait fini par accepter de lever l'interdiction à la condition que les VVF proposent un projet ambitieux, susceptible de concurrencer Saint-Paul-de-Vence, le village voisin. D'où l'idée d'installer l'œuvre d'un artiste de renommée internationale pour redorer le blason de La Traîne, qui n'attirait que la populace des campings.

« Il se trouve qu'à la même époque, la Fondation Maeght organisait une rétrospective du célèbre sculpteur américain. Par l'intermédiaire du préfet, un camarade de promotion de Georges qui nous avait obtenu des invitations pour le vernissage, nous y sommes allés, dans l'idée de trouver cette fameuse sculpture censée servir d'étendard au club de vacances. »

Nicole de la Vigne fit carillonner les glaçons dans son verre avant de le reposer sur le petit rond en nacre qu'elle avait rapporté, l'été précédent, de Madagascar.

À l'entrée, lui confia-t-elle, la souriante Marguerite Maeght, dont le collier de perles à deux rangs servait de pendant à celui de ses dents, accueillait les collectionneurs venus du monde entier. Tandis qu'ils remontaient l'allée, guidés par la musique *smoothie* d'un orchestre de jazz dont les cigales cachées dans les pins assuraient le tempo, soudain, une œuvre attira leur attention. Elle était posée sur l'herbe, dans un coin, légèrement en retrait, et l'on pouvait se demander si elle faisait partie de l'exposition, car elle ne figurait pas dans le catalogue. La veuve de Georges de la Vigne était bien incapable de la décrire avec précision, car en réalité, il faisait sombre et la pièce était mal éclairée. Mais elle se souvenait de son nom : *Moustipic.* Un nom réducteur comme une compression de César.

Un peu plus tard dans la soirée, son mari était allé voir le marchand de tableaux qui lui avait confirmé que le stabile n'était pas à vendre.

« Mais alors, si elle n'est pas à vendre, pourquoi l'exposez-vous, monsieur Maeght ? lui avait rétorqué Georges sans se démonter.

— Parce que c'est la volonté de l'artiste. Mais suivez-moi, je vais vous présenter Sandy, vous n'aurez qu'à lui en parler directement », ajouta-t-il tout en l'entraînant vers le bâtiment principal.

En suivant le flot des invités à travers le labyrinthe de Miró, le petit groupe n'eut aucun mal à trouver le géant américain, qui était en train d'étreindre le peintre espagnol devant un reporter de la *Riviera Gazetta.*

« Entre nous, on aurait dit Laurel et Hardy ! »

Nicole se souvenait d'un homme bourru, bien que modeste, qui avait visiblement fait un effort ce soir-là pour s'habiller en passant une veste de costume sur sa chemise rouge, mais qui avait conservé ses vieilles grolles de la campagne.

« Il mâchait ses mots comme du chewing-gum. Personne ne comprenait rien à ce qu'il marmonnait. »

Au bout d'un moment, voyant que Calder se cramponnait à sa décision et qu'il n'en démordrait pas, M. Maeght avait proposé à Georges de la Vigne de regarder ensemble d'autres pièces de son travail, comme *Croissant jaune,* le mobile accroché au plafond de la salle de la mairie. Il fallait l'entendre parler du vibrato des mobiles de son ami, qui n'était jamais le même.

« Ce sont des objets vivants, quand je les écoute, ils me répondent ! » répétait-il avec des violons dans la voix.

Mais où suspendre un machin pareil, songeait Georges. À l'accueil ? Au réfectoire ? La direction du club cherchait quelque chose qui puisse rester dehors et résister aux intempéries. Quelque chose que l'on voie de loin et qui serve de point fixe aux vacanciers pour les aider à se repérer sur le site.

Two Fingers, le stabile sur lequel tout le monde avait fini par se mettre d'accord, coûtait beaucoup plus cher que dans le budget prévu. Mais ce pauvre Georges, intimidé par la présence de l'artiste, n'osa pas discuter le prix. Et il fut convenu que Calder se rendrait sur le site pour étudier les aspects techniques de l'installation.

Le lundi suivant, lorsque les de la Vigne arrivèrent devant l'entrée du club, la Rolls Royce du marchand de tableaux était garée sur le parking des vacanciers, comme un gros yacht dans un port de pêche.

Pendant toute la matinée, le manageur leur fit visiter le domaine et ses infrastructures. Chacun avait sa petite idée sur l'emplacement de *Two Fingers*. Le maire de La Traîne, dont la femme était brésilienne, l'imaginait en haut de la colline, tel un pain de sucre au vu de ses administrés. Georges, grand sportif devant l'éternel, le voyait sur le terre-plein surplombant les courts de tennis. La direction du club, au milieu des toboggans et des balançoires. Une idée qualifiée de dangereuse par le représentant de la préfecture, qui craignait les accidents avec les enfants. Au bout d'un moment, agacé par les échanges stériles de tous ces gens dont il fallait faire semblant de prendre en compte les considérations artistiques, Calder montra des signes de lassitude et se laissa tomber sur un banc à proximité de la piscine, en demandant un verre d'eau. Quand il eut fini de boire, son regard erra un moment dans le vide, comme s'il cherchait en lui-même une issue de secours pour échapper à cette situation pénible, avant de remarquer, près du plongeoir, un petit groupe d'adolescentes qui répétaient un spectacle de danse sur une musique disco. Et soudain, l'une d'entre elles accrocha son regard. Elle avait une façon très particulière d'allonger les bras dans les sauts pour attirer l'attention du public vers le ciel en masquant la réception de ses pieds au sol, qui donnait l'illusion qu'elle allait s'envoler.

Au bout d'un moment, l'insistance avec laquelle Calder la dévisageait finit par surprendre l'ensemble du groupe, qui, d'un seul coup, s'arrêta de parler et se mit à son tour à la regarder danser. À la fin de la répétition, la jeune fille étira les bras vers le ciel pour évacuer l'hélium de son corps ; elle semblait ailleurs, au bout du monde, là où personne ne pourrait aller la chercher. Calder se leva alors du banc et s'avança vers elle, sans la quitter des yeux, comme si en les baissant, il avait pu la perdre. Lorsqu'arrivé à sa hauteur, il murmura d'une voix étranglée par l'émotion :

« Marie-Jo, c'est toi ? »

Nicole de la Vigne termina son Americano cul sec.

Quelques jours plus tard, son mari recevait une lettre de la fondation Maeght :

Cher Monsieur,

À la suite de notre visite au centre de vacances, mon ami Alexander Calder m'a chargé de vous communiquer ses réflexions.

Il pense que le stabile retenu : Two Fingers, *n'est pas approprié à la géographie des lieux, mais que le stabile* Moustipic, *qui, si ma mémoire est bonne, était votre premier choix, de par sa taille et sa forme, conviendrait mieux à l'esprit d'un club de vacances.*

Si vous êtes d'accord avec ce changement, M. Calder est prêt à vous le céder et à faire un effort financier sur la différence de prix qui existe entre les deux pièces, à condition que, conformément à ses souhaits, ce dernier soit installé sur le monticule en contrefort de la piscine, côté plongeoir. Et que les VVF puissent garantir qu'aucune installation, sur un rayon de 15 mètres, ne puisse voir le jour, tant que la pièce sera sur les lieux.

Le règlement, d'un montant de 50 000 francs, se fera directement aux établissements Biémont et servira à solder les coûts de sa fabrication.

Dans l'attente de votre décision, croyez, cher Monsieur à l'expression de mon meilleur souvenir.

Aimé Maeght

8

Bovaryser dans la vapeur en rêvant

Lucie alluma le hammam et, lorsqu'il fut suffisamment chaud, se faufila nue dans la boîte à nuages. *Bovaryser* dans la vapeur l'entraînait toujours trop loin dans la sentimentalité, une terre marécageuse où elle s'aventurait sans trop savoir où elle mettait les pieds…

Son déjeuner ne s'était pas passé comme elle l'avait espéré. En premier, à cause du choix du restaurant catastrophique : un chinois ; décidément, comme dans les films de Steven Spielberg, la malédiction du canard laqué la poursuivait. Ensuite, pendant tout le repas, le commissaire-priseur n'avait cessé de parler d'argent, passant du prix des péages en France à celui du dernier Warhol vendu la veille à New York, comme si cela avait été la même chose, et que tout était toujours une question de prix, dans la vie. En tout cas dans la sienne, puisque même les regards insistants qu'il posait sur elle semblaient évaluer combien pouvait valoir ce petit être. Et tout bas, Lucie se demanda comment un homme avec tant d'allure, dont on s'attend, dès qu'il ouvre la bouche, à ce qu'il vous récite des vers d'Alfred de Musset, pouvait tenir un discours de marchand de tapis.

« Contrairement aux idées reçues, l'art et l'argent s'entendent à merveille et marchent ensemble, main dans la main. »

À cela, la jeune femme avait rétorqué d'un air méprisant qu'on ne pouvait pas juger la qualité d'une œuvre d'art à son prix, et la conversation s'était envenimée.

« Mais qu'est-ce que vous croyez ! L'argent est un support, une matière comme une autre, qui produit des choses. Sans lui, il n'y a pas de création. Sans le pognon des Médicis, pas de Renaissance. Sans les dollars de Peggy Guggenheim ou le blé des Noailles, beaucoup d'artistes auraient fini à la rue. Dites-moi, quelles traces les pays communistes et les dictatures ont-ils laissées dans l'art ? Ne cherchez pas, aucune ! »

Comme il faisait les questions et les réponses, Lucie n'eut pas d'autre choix que de l'écouter de loin comme une écolière qu'on traîne au musée. Heureusement qu'il y avait de jolies choses à voir sur lui, à commencer par ses pantalons coupés dans des matières incroyables, qui, lorsqu'il décroisait les jambes, faisaient un bruit de voile de catamaran, sa chemise *arty* aux imprimés bien plus transgressifs que celles de Pat, et ses mocassins de marque italienne.

« Citez-moi un chef-d'œuvre réalisé sous l'ère soviétique ou un artiste nord-coréen ? » s'enflammait l'homme de l'art en piquant une cigarette dans le paquet posé sur la table, lui qui d'habitude ne fumait pas.

Lucie avait bien cherché à reprendre la main dans la discussion en lui demandant de clarifier sa pensée :

« Mais vous, maître, quels sont vos critères de beauté ?

— Arrêtez de m'appeler maître, sinon, la prochaine fois, je viendrai avec une baguette pour vous donner une leçon. Non sérieusement, vous le savez aussi bien que moi, la beauté est une vue de l'esprit. Il n'y a qu'à descendre les Champs-Élysées et regarder toutes ces filles à mamelles qui se croient tellement belles, avec leurs gros culs joufflus dans des leggings en Lycra qu'elles se prennent en photo. Aujourd'hui, les boudins ont leur quart d'heure de célébrité ! De mon temps, elles n'étaient même pas regardables, on plébiscitait les petits seins et les tailles 36 dans des jeans aux couleurs acidulées. »

Le serveur avait déposé sur la table le dessert qu'il avait commandé, une glace à deux boules, framboise/pistache, un véritable petit cul bombé dans une coupelle en verre, à l'intérieur duquel le commissaire-priseur avait plongé sa cuillère avec délice.

Heureusement, à la fin du repas, quand Lucie lui avait remis la lettre d'Aimé Maeght prouvant l'origine du stabile, il s'était radouci. Puis, en sortant dans la rue, Lucie avait frissonné de ravissement devant les marronniers en fleurs, et surtout lorsqu'il s'était proposé de faire quelques pas avec elle jusqu'à la station de métro. Mais patatras, au moment de se quitter, ils s'étaient claqués la bise dans le vide, comme pour se débarrasser l'un de l'autre, en prenant bien soin de ne pas se frôler pour éviter les courts-jus. Chacun était reparti de son côté, un peu chose, avec le pressentiment étrange que tôt ou tard, leurs corps, comme les deux dernières pièces d'un puzzle de sept milliards de possibilités, allaient bientôt s'emboîter l'un dans l'autre.

9

Le porte-clés le plus cher du monde

À 60 ans, Marie-Jo avait conservé ses longs cheveux de petite fille qui lui balayaient la taille. Et lorsqu'elle se rendait chez le coiffeur, une fois par an, pour en couper les pointes, c'était comme si on lui arrachait tous ses capteurs.

« Sans eux, je ne suis rien », songeait la fille de Ray Chevalier, une serviette mouillée sur la tête, tout en examinant sur son visage, dans le miroir du salon, les rides de l'ennui, ces racines dont on ne vient jamais à bout.

Tous les ans à la même époque, avec son mari, ils partaient en voyage. Des voyages de retraités avec des photos de paysages qui n'intéressent que ceux qui les prennent ; une maison en bois sur un lac gelé, une église, le pont d'un bateau, l'arrivée sur le port. Alors que le seul cliché qui manquait à leur couple était au fond celui d'un enfant, celui que Marie-Jo et Jérôme n'avaient pas pu avoir et qui aurait donné un souffle à leur vie.

Depuis que Jérôme avait quitté la vie professionnelle, il planifiait son temps libre de la même manière qu'il recensait les protéines dans son assiette. Il se donnait un mal fou pour rester en forme et faire des choses, toujours plus de choses, sans se rendre compte que, plus il en faisait, plus le temps passait vite et plus sa vie rétrécissait. Et Marie-Jo, qui avait passé la moitié de son existence à attendre qu'il rentre du bureau, redoutait de passer l'autre à guetter le moment où il sortirait de la maison pour aller jouer au golf.

Atteinte de troubles du sommeil, chaque année, à l'automne, elle se faisait hospitaliser dans une clinique en dehors de Paris, comme si les vacances d'été qui précédaient la rentrée, la plage, la mer et l'oisiveté des longs après-midi ensoleillés en déclenchaient les crises. Seule la danse classique avait le pouvoir de la faire transpirer de sa mélancolie. Et tous les samedis, elle se rendait à l'académie d'Irena Krivena, où, dans les vestiaires, au milieu des danseuses, l'ancien Balthus retrouvait le pastel des jours heureux.

L'ex-ballerine du Kirov avait un chignon comme une petite brioche fixée sur le haut du crâne et toujours besoin de porter une écharpe en soie qui bougeait avec elle pour souligner ses mouvements. Toutes ses élèves aimaient la langueur monotone de ses ports de bras lorsqu'elle esquissait une révérence, son cache-cœur en mohair qui peluchait sur ses petits seins obstinés, ses vieux chaussons décolorés, le drapé de ses pas et la délicatesse avec laquelle elle terminait chacun de ses gestes, comme si elle allait s'évanouir.

Entre deux leçons, l'étoile mangeait une banane, assise sur un banc dans l'entrée. À quoi pensait-elle ? se demandait souvent Marie-Jo, pour trouver la force et la patience de donner des cours à une vieille savonnette comme elle, qui dansait pour devenir insaisissable parce que rester immobile lui était un supplice et qu'à défaut de trouver l'apaisement, elle voulait elle aussi ressentir la vie par la chair, sans l'entremise de l'intelligence.

En s'aidant d'un léger appui sur la barre, les élèves enchaînaient les pliés, les dégagés, les battements, les ronds de jambe à terre et en l'air.

« Mesdemoiselles, resserrez les boulons à l'intérieur ! répétait inlassablement le professeur. Moelleux, le mouvement, la cuisse doit se déplier comme un ruban ! Le moindre de vos pas doit paraître facile ! »

La pianiste était une vieille Polonaise à moitié sourde. Les jours de grève, les filles dansaient mieux avec sa remplaçante qui savait descendre dans la profondeur de son clavier. La musique ruisselait alors de toutes ses gouttes d'été, glissant le long d'un bras, d'une main, d'un pied qui retenait une note.

« On ouvre le bassin ! Jolis, les bras ! Haute, la couronne ! Le temps doit se suspendre au-dessus de vos têtes ! »

Irena Krivena leur apprenait à doser sa souffrance, jusqu'où aller sans se faire mal. Elle connaissait les limites de chacune de ses élèves et savait mieux que personne chauffer leurs corps jusqu'à l'incandescence pour les faire disparaître de leur enveloppe terrestre et n'être plus qu'un souffle.

« Arrondissez-moi ce coude, mesdemoiselles ! On dirait que vous portez un sac de pommes de terre alors que c'est une corbeille de fleurs fraîchement cueillies que le spectateur doit voir ! »

Marie-Jo sautait comme un kangourou mais, depuis le temps que son justaucorps fluo s'épuisait à la barre, les autres danseuses s'étaient accoutumées à sa présence bariolée.

À la fin du cours, les élèves applaudissaient, l'ancienne étoile repartait alors en coulisse manger sa deuxième banane. Dans le vestiaire, les libellules dégrafaient leurs corolles en tulle et toute trace d'effort disparaissait de leurs visages pétales. Mais derrière les rubans et les chaussons en satin, les bandages et les pansements, surgissait un petit pied tendre et déformé tel un fœtus à l'air libre.

Sous la douche, le corps de Marie-Jo perdait ses paillettes. Dépouillé de tous ces artifices, il redevenait une forme vague et vieillissante qui, une fois lâchée dans la rue, peinait à retrouver son centre de gravité.

Le samedi qui précéda la vente du stabile, en quittant l'académie de danse, elle décida de rentrer chez elle à pied. C'est ainsi qu'en passant devant le kiosque à journaux du boulevard des Batignolles, elle s'arrêta et, brusquement, fit demi-tour. Mais oui, c'était bien *Moustipic* à la une de la gazette ! Derrière, en arrière-plan, Marie-Jo reconnaissait la place de l'Atrium et la piscine où était installé le stabile. Que de souvenirs lui revenaient comme un boomerang. Le spectacle disco qu'elle avait monté avec ses copines du lycée Jeanne-d'Arc, la tournée sur la Côte d'Azur dans les clubs de vacances, son costume en lamé rouge… À La Traîne-les-Pins, quelle n'avait pas été sa stupeur lorsqu'après la répétition, le géant américain à la chemise rouge était apparu au bord de la piscine ! Marie-Jo repensa à l'émotion qui s'était emparée de Calder en apprenant le décès de son ami Ray. Lui qui, d'habitude, coupait court à la conversation dès qu'on parlait de la mort, l'avait pressée de questions sur l'enterrement de son père. Elle lui avait alors décrit les couronnes de fleurs aux balafres tricolores dans l'église de Montrouge, le chant des élèves de Saint-Cyr à la gloire du compagnon de la Libération. Et Marcel, dont le fauteuil roulant hoquetait sur les pavés, qui tenait à accompagner son camarade jusqu'au cimetière. Au moment de la quitter,

Calder, les yeux gorgés de tristesse, l'avait serrée dans ses bras en lui faisant cette étrange confidence :

« Ray et ses camarades méritent bien de se reposer un peu au bord de la piscine, tu ne crois pas, ma petite Marie-Jo ? »

« Ce vieux Sandy commence à perdre la tête », avait-elle pensé alors.

De quels camarades parlait-il ? De ceux de l'île de Sein, Marcel et Serge, avec lesquels son père avait embarqué pour l'Angleterre à l'appel du général de Gaulle ? Avant de s'en aller, il avait décroché la figurine en fer qui était accrochée à ses clés de voiture :

« Il est à toi, maintenant… Tu te souviens de lui ? C'est Moustipic, le seul mousquito au monde dont les piqûres sont les traces de ses baisers ! »

Puis il avait éclaté de rire, comme s'il riait à retardement d'une blague qu'il était le seul à comprendre. Quelques jours plus tard, le porte-clés de Sandy mesurait quatre mètres de haut et surplombait la piscine.

Comme il faisait beau et qu'elle avait encore un peu de temps devant elle, la fille de Ray Chevalier acheta la revue et s'installa à la terrasse d'un café. L'article portait sur la prochaine vente aux enchères de chez Bret & Paterson. Le stabile était estimé à cinq millions de dollars. Cinq millions de dollars ! Mais alors, son mini-*Moustipic* allait devenir le porte-clés le plus cher du monde ! Au fait, où était-il ? Fébrile,

Marie-Jo trifouilla au fond de son sac pour chercher son paquet de clopes et en alluma une. La dernière fois qu'elle l'avait vu, il pendait à un clou derrière la porte de la buanderie… Et soudain, prise de panique, elle appela son mari pour qu'il vérifie qu'il s'y trouvait encore.

10

Se cogner la tête au plafond de leurs rêves

Tous les jours, Mlle Loiseau, l'assistante de maître Bret, égrenait les stations de la ligne 13 pour se rendre à son travail. Sur le trajet, elle était interpellée par des migrants climatiques aux barbes broussailleuses, fuyant la sécheresse de leur pays et qui, ici, en France, à Paris, ressemblaient à des fruits et légumes trop mal calibrés pour trouver leur place à l'étalage. La pauvreté devenait une prolongation des *news* sur le trottoir. « Même dans la rue, les gens ne s'adressent à moi que pour me réclamer de l'argent ! » râlait intérieurement l'assistante de maître Bret. La pauvreté n'est noble que dans les romans de Dostoïevski.

Et toc, lâcher de piécettes dans gobelet en plastoc. Mlle Loiseau n'avait jamais eu faim ou froid, sauf sur un télésiège au ski. Elle donnait aux musiciens, jamais à ceux qui trimballent des animaux. *Et toc, lâcher de piécettes dans gobelet en plastoc.* Avec les Français, la misère lui apparaissait homologuée dans toute sa cruauté. Mais il y en avait trop, partout et, à force, elle finissait par détourner le regard de tous ces hommes allongés sur la voie publique. Son malaise était stoppé net dès qu'elle franchissait les portes de chez Bret & Patherson.

Depuis la pandémie, les ventes aux enchères se déroulaient de plus en plus par téléphone ou sur internet. Le confinement avait profité au marché. Assignés à résidence, les amateurs d'art se défoulaient en enchérissant sur la Toile, le seul jardin resté ouvert à leurs rêves. Les maisons de vente n'avaient plus qu'à les attendre au coin de la rue pour encaisser les commissions de leurs achats compulsifs. Ces dernières pouvaient s'élever jusqu'à 25 % au-delà du prix marteau. Pour un Giacometti à quatre millions de dollars, cela commençait à faire de l'argent. Toute la difficulté du métier était de trouver les bons objets à vendre au bon moment, et de surfer sur l'air du temps le plus longtemps possible. Depuis que Sybille travaillait chez Bret & Paterson, elle ne comptait plus les artistes dont les cotes s'étaient érodées sans raison objective. Prenez Renoir, le peintre des boîtes de biscuits… Qui, aujourd'hui, a envie d'acheter une de ses grosses dondons à poil tendre ? En un claquement de doigts, le goût était passé de la charcuterie fine au thé vert, d'une peinture boulimique à une peinture anorexique. Et seuls des artistes conceptuels comme Richard Serra, Donald Judd, Carl André ou Jeff Koons décrochaient désormais la queue du Mickey.

À l'étude, Mlle Loiseau croisait du monde, des gens connus qui ne la connaissaient pas. Des commissaires d'exposition, des conservateurs de musée, des designers et des architectes célèbres; autant de rock-stars qui traversaient le couloir précipitamment, comme s'ils allaient monter sur scène, talonnés par un essaim de stagiaires à particule qui avaient encore des objectifs à atteindre et des garçons à séduire. L'assistante de Simon Bret, elle, n'en avait plus aucun. Elle travaillait à la comptabilité, un truc passionnant qui donnait du sens à sa vie. Elle était au cœur du réacteur, au centre du pouvoir. Elle effectuait les virements, signait les chèques et, à ses heures perdues, se lançait dans des calculs surréalistes pour faire rentrer dans un tableau Excel des chiffres à huit pattes qui s'échappaient de son porte-mine en processions de chenilles. Parfois, les sommes d'argent étaient tellement obscènes que, le soir, épuisée, elle regagnait son studio de la rue de Passy avec l'impression d'avoir passé sa journée à tourner dans un film porno.

Son bureau jouxtait les toilettes réservées aux handicapés. En y réfléchissant, ce ne devait pas être une coïncidence puisque personne ici ne lui adressait la parole autrement que pour réclamer le remboursement de ses notes de frais ou commander un nouveau badge de parking. Du reste, de quoi aurait-elle pu parler, elle qui ne sortait pas, ne se droguait pas, ne couchait pas et collectionnait les vinyles de Nana Mouskouri. Pourtant, elle ne faisait de mal à personne, dans sa petite cahute adossée au bureau de son chef, avec sa collection de cactus nains alignée sur l'étagère. Et ce n'était pas elle qui allait allumer le feu avec ses foulards équestres et ses barrettes de Yorkshire dans les cheveux.

Dans la maison, maître Bret était le seul à la prendre en considération et à s'enquérir de sa santé. Il appréciait son dévouement, ce côté cousine de province qui vient vous chercher à la gare ; il trouvait que son visage avait la beauté désuète des dessins du XVIIIe.

Généralement, en fin de matinée, elle apercevait sa gabardine bleue traverser la cour. L'ascenseur se mettait en marche et s'arrêtait à l'étage, puis la tête du commissaire-priseur surgissait dans l'entrebâillement de la porte. Rien qu'à l'écarquillement de son sourire et aux coulées de lave sous ses yeux, elle savait comment s'était passée sa nuit et si le diable lui avait rendu visite dans son sommeil.

« Bonjour, je peux vous voir un instant ? »

Maître Bret ne donnait jamais d'ordre, et lorsqu'il avait quelque chose à vous demander, il le faisait toujours avec une voix douce qui trompait son monde car, en réalité, comme tous les patrons, il avait horreur de se répéter. Et la deuxième fois, le ton n'était plus le même. Son assistante le retrouvait alors dans son bureau, où, pour détendre l'atmosphère avant de commencer la journée, il la gratifiait d'une blagounette de son répertoire, à peu près aussi fun que la pochette de son blazer.

Maître Bret avait attendu que la planète Terre sorte du confinement pour arrêter une date pour la vente du Calder. À partir de celle-ci, le compte à rebours s'était enclenché. À l'étude, ils étaient quatre à avoir accès au fichier clients. Simon Bret et Henry Paterson, les deux associés, Prunier, le chef du département d'art contemporain, et l'insupportable Madeline Roppopof, son binôme, qui donnait l'impression de passer ses après-midi à la plage alors qu'elle ne faisait que traverser la rue de Rivoli pour acheter de la crème autobronzante à la pharmacie.

Dans ce listing top secret, qui couvrait le monde entier, figuraient les noms des collectionneurs auxquels était attachée une fiche de renseignements réactualisée en permanence, mentionnant leurs dernières acquisitions. « Pourquoi les objets que l'on désire sont-ils toujours désirés par d'autres ? » se demandait souvent le commissaire-priseur.

Il y avait trois types d'acheteurs. Ceux en quête de signes extérieurs de richesse, qui, pour exister aux yeux des autres, avaient besoin d'un cheval de course, d'un bateau, et d'un Calder, parce qu'une collection d'art contemporain sans l'oiseleur de fer n'était pas concevable. Ceux qui achetaient pour revendre après et qui surfaient sur la cote d'un artiste en se moquant bien de ce qu'ils avaient sous les yeux, pourvu que la marge fût belle. Et puis les fous, ces doux rêveurs prêts à sacrifier ce qui leur était le plus cher dans la vie pour la poésie d'un cerf-volant sur la plage. Le lien entre les trois ? L'argent. Pour entrer dans la partie et jouer, il fallait des jetons. Beaucoup de jetons, la mise à prix de *Moustipic* étant fixée à 4 millions de dollars.

Avant même la sortie du catalogue, une lettre confidentielle rédigée par cette folle autobronzée de Roppopof informa les collectionneurs de la vente du stabile, suivie d'un communiqué de presse censé réveiller la curiosité des journalistes, qui résumait le pedigree de *Moustipic*.

Découverte d'une œuvre importante
d'Alexander Calder dans le club de vacances
de La Traîne-les-Pins

L'un des plus beaux stabiles du génial sculpteur américain, datant de 1963, était installé au bord de la piscine depuis plus de cinquante ans pour le plus grand plaisir des enfants qui faisaient sécher au soleil leurs maillots de bain sur ses plaques d'acier.

Jeudi 14 mai, 20 h. Bret & Patherson, Me Simon Bret tiendra le marteau.
Contact Madeline Roppopof : 07 00 70 07 00

L'étalon noir à la robe de fer fut exposé dans la cour de la maison de vente, où un public de connaisseurs put tourner autour en gardant ses distances comme si, à tout moment, le stabile pouvait lui décocher un coup de sabot. Puis les collectionneurs étrangers envoyèrent sur place des hommes de main pour examiner sa ligne d'encolure, lui caresser la croupe et descendre le long de son flanc jusqu'à sentir, au bout de leurs doigts, une cicatrice boursouflée telle une marque au fer rouge : un C dans l'A, la signature de Calder, avant de repartir par l'avion du soir sans rien laisser paraître de leurs intentions.

Pendant ce temps-là, quelques pâtés de maison plus loin, les concurrents tentaient de déstabiliser les futurs acheteurs en faisant naître le doute sur l'origine du stabile. C'était de bonne guerre. Mais le staff de Bret & Patherson, qui excellait dans le désamorçage de ces petites boules puantes, répondait point par point à leurs interrogations ; n'hésitant pas, pour les rassurer, à fournir le courrier d'Aimé Maeght adressé à George de la Vigne.

Des coups de téléphone venus des quatre continents émergea une *short list*. Maître Bret demanda alors à Mlle Loiseau de vérifier la capacité financière des nouveaux *bidders* et d'activer ses contacts auprès des banques. Les offres sérieuses provenaient en partie d'outre-Atlantique : un musée américain et un collectionneur de Chicago, qui leur avait déjà acheté en septembre dernier une très belle araignée de Louise Bourgeois. Mais aussi le propriétaire d'une chaîne de télévision mexicaine, et une entreprise japonaise qui souhaitait l'exposer au dernier étage de son gratte-ciel. En dernière position venaient une fondation suisse, un brasseur belge et enfin un Français, inconnu au bataillon. Ce Breton, héritier d'usines de porcs, montrait une surface financière rassurante. *Clean* vis-à-vis du Trésor public, *clean* sur les réseaux sociaux où des photos le montraient en smoking remontant le grand escalier de l'Opéra lors d'un gala de charité. La décision de lui faire confiance fut prise un peu « au doigt mouillé », les renseignements pris sur lui étant suffisamment bons pour que l'étude décide d'enregistrer sa candidature.

Le jour de la vente, c'était toujours le même cérémonial. Après avoir attribué les téléphones à ses collaborateurs, selon les langues pratiquées et les affinités avec les acheteurs, maître Bret s'enferma dans son bureau pour se relaxer et évacuer la pression, suivi, quelques minutes plus tard, par une femme qui frappa à sa porte, devant laquelle le commissaire-priseur perdait tous ses moyens ; ce qui exaspérait son assistante, qui voyait son patron, jour après jour, renoncer aux valeurs d'esthétisme qu'il avait défendues tout au long de sa vie, pour suivre comme un toutou une jeune sorcière chaussée d'écrase-merde dont les semelles, épaisses comme des chenilles de tracteur, labouraient sans pitié le parquet en point de Hongrie des salons de Bret & Paterson. Une histoire qui commençait à devenir sérieuse puisque le week-end dernier, l'assistante de Simon Bret avait réservé un billet d'avion supplémentaire pour Mlle de Clichy. Avec un nom pareil, son patron aurait mieux fait de l'emmener à l'hôtel Ibis. Intellectuellement, la fille était au ras des pâquerettes, comme ses jupes, et l'exposition d'Hammershøi au Statens Museum avait dû certainement lui passer au-dessus du diadème.

À 19 heures tapantes, comme à son habitude, Mlle Loiseau monta sur l'estrade pour tester les micros avec les deux seuls mots d'anglais qu'elle connaissait : *One, two! one two!* Puis elle descendit dans la salle et passa entre les rangs pour vérifier l'orthographe des noms inscrits au dos des sièges. Lorsqu'en découvrant que le nouveau stagiaire avait encore écorché celui d'un invité, elle attrapa son portable, exaspérée :

« Mon petit Vincent, vous voulez être gentil et vérifier sur le listing s'il y a 2 *l* à *Chevalier*, pour Mme Marie-Jo Chevalier ? Merci ! »

11

Lot 75

Comme au théâtre, la vente débuta pile à l'heure. Maître Bret fit irruption dans la salle, suivi par son équipe de collaborateurs aux allures de *traders*, avec en tête de cortège les deux stars de chez Bret & Patherson spécialistes en art comptemporain : Nancy Audouard, 1,56 mètre sans ses Louboutin, qui, pour détourner l'attention de sa petite taille, imposait des décolletés à la gelée tremblotante, et William Berry, dont l'excentricité des cravates alimentait les commentaires sur Instagram.

Puis, le commissaire-priseur prit place derrière son pupitre et, après un rapide tour d'horizon pour repérer les acheteurs dans l'assistance, il remercia le public d'avoir bravé les manifestations et rappela les conditions juridiques et financières des enchères.

Assise au premier rang, il y avait toujours la même petite dame en imperméable que tout le monde surnommait *la groupie du maestro,* et, qui, pour être sûre d'avoir un siège au plus près du pupitre, arrivait longtemps avant l'ouverture des portes. Si elle assistait à toutes les ventes, elle n'achetait jamais rien. Mais sa main, telle une araignée venimeuse suspendue à son crayon, notait scrupuleusement le prix de chaque lot sur un carnet. À la longue, elle était devenue la mascotte de la maison qui, par superstition, ne pouvait pas débuter une vente sans s'assurer de la présence de son chat noir.

Lorsqu'un manutentionnaire aux gants blancs de magicien déposa un premier tableau sur le présentoir, le commissaire prit la parole de sa voix de crooner :

« Nous débutons la vente par cette splendide peinture de Nicolas de Staël datant de 1959, signée en bas à gauche, réalisée à un moment charnière dans l'œuvre de l'artiste. Nous commençons à 150 000 euros. »

Les premiers lots étaient des valeurs sûres qui donnaient rapidement de bons résultats. Une sorte de mise en bouche pour chauffer l'assistance et imposer un tempo vif et rapide aux enchères. Cela permettait de raccourcir le temps de réflexion des *bidders*, jusqu'à ce que la somme appelée devienne abstraite à leurs yeux et qu'ils se prennent au jeu.

« 230 000 à ma droite ! 250 000 au fond pour monsieur ! Adjugé, vendu ! »

Intimidée par le lustre vénitien, Marie-Jo n'osait pas se retourner pour observer les mains levées dans la salle. Dommage, car si la fille de Ray Chevalier avait pu le faire, elle aurait aperçu, deux rangs plus loin, la jeune femme qui avait fait irruption à La Gouacherie quelques semaines au paravent. De la même façon que si Lucie avait levé le nez de son portable, elle aurait sans doute vu la propriétaire du porte-clés. Mais se seraient-elles reconnues, dans ce changement de décor ?

« Lot 38. *Intérieur avec jeune femme vue de dos*, du peintre danois Vilhelm Hammershøi. Pour ce tableau rare, nous débutons à 190 000 euros. 190 000 euros ! » annonça le commissaire-priseur en lançant un clin d'œil en direction du troisième rang.

C'était ce peintre scandinave qu'ils avaient vu à Copenhague, dont l'univers intimiste lui rappelait les films d'Ingmar Bergman, songea Lucie. Elle ne s'ennuyait jamais avec Simon, même si parfois elle le traitait de psychopathe lorsqu'il l'obligeait à couper ses fruits avec son couteau et sa fourchette, alors qu'en les mangeant avec les doigts, elle avait l'impression de les cueillir à même les arbres. Au-delà de ces chamailleries, une chose les unissait : le plaisir enfantin qu'ils éprouvaient à transgresser les règles. Un goût pour la provocation qui parfois heurtait leur entourage, mais les faisait beaucoup rire. Ils en riaient même au lit. Les draps étaient la toile blanche où Lucie s'amusait à prendre des poses pour taquiner l'imaginaire de Simon, qui, par déformation professionnelle, ne pouvait s'empêcher de convoquer des peintres dans leurs ébats. Quand, sur l'écran de la salle des ventes, apparurent soudain les quatre plans verticaux du manteau d'acier de *Moustipic*, ce punk aux piercings de boulons.

« Lot numéro 75 ! Un somptueux stabile monumental d'Alexander Calder, daté et monogrammé en bas à gauche sur l'un des éléments ; réalisé en 1963 par les établissements Biémont, à Tours. Nous commençons à 1 900 000 ! »

Dans cette ambiance chic et feutrée, où les marchands et les collectionneurs d'art bâillonnés derrière leurs masques communiquent en morse par clignements de paupières, qui aurait pu soupçonner que cette femme, dont la protection à trois plis remontée sur le visage soulignait la tristesse stagnant au fond du regard et les petites tragédies intérieures, serrait au creux de sa main la réplique en miniature du fameux stabile de Calder, un scoubidou en ferraille qui, pendant des années, avait servi de porte-clés à la porte de sa buanderie ?

Qui, ici, aurait pu croire que le génie dont les musées du monde entier se disputaient les œuvres était son voisin à Saché, ce vieux Sandy bourru et taquin avec qui ses parents prenaient l'apéritif dans la cour et partageait l'eau du puits ? Ce clown qui, dès qu'il apercevait un type avec un chapeau, ne pouvait pas s'empêcher de le faire tomber ? Ce dévoreur d'acier qui pleurait en lisant *Moby Dick ?*

« Nous débutons les enchères pour cette pièce magnifique de Calder à 1 900 000 ! »

Dans la poche de son manteau, sa main se crispa encore un peu plus sur la figurine dont les épines de fer rentraient dans ses chairs.

« 1 900 000 ! 2 millions, 2 200 000, 2 400 000 ! 2 400 000 à ma droite ! 2 700 000 ! 2 900 000 ! Laurent ? 2 900 000 ! 3 millions ! 3 200 000 ! 3 500 000 ! 3 800 000 sur ma gauche pour Nancy ! 3 800 000, 4 millions dans la salle ! 4 millions ! Nous sommes à 4 millions pour cette œuvre rare de Calder ! L'enchère est à 4 200 000 ! 4 400 000 ! 4 600 000 ! 4 800 000 ! »

Dans la salle, les panneaux des acheteurs, comme des raquettes de ping-pong, se levaient pour renvoyer la balle. Les prix fusaient de part et d'autre. Avec ses yeux de hibou, le commissaire-priseur, qui ne savait plus où donner de la tête, se mit à coordonner ses mouvements pour ralentir les échanges et reprendre la main.

« 800 000 ! 4 800 000 ! 50 ! Nous sommes à 4 850 000 ! »

Silence dans la salle où le public, dépassé par les millions, avait du mal à suivre. Maître Bret profita de cette accalmie pour boire un peu d'eau et s'éclaircir la voix.

« 4 850 000 au téléphone avec Nancy ! 5 millions, Nancy ! 5 200 000. William ! 5 400 000, Nancy ! 5 700 000, William ! 5 750 000, Nancy ! 5 750 000 à ma gauche, Nancy, pour cette pièce maîtresse de

Calder! » reprit maître Bret à la volée, en interrogeant du regard le jeune homme à la cravate imprimée de taches de couleur qui chuchotait dans le combiné du téléphone à son client.

« En voulez-vous, William? »

D'un geste de la main, ce dernier lui fit signe de patienter. Que pouvait raconter William au collectionneur du Texas pour l'inciter à se délester un peu de sa fortune? En appuyant sur *Pause* pour réfléchir, ce cow-boy, sans le savoir, avait retourné le sablier, et tous les millions amassés pendant les enchères risquaient de se transformer en grains de sable. Le carrosse en citrouille. Le baratin de la cravate ridicule semblait interminable. *Le coup de Cendrillon,* un classique! se dit maître Bret, impassible, attendant sans broncher, en bas du perchoir, son fromage qui finit par tomber, quatre minutes et dix secondes plus tard :

« 5 750 000 sur ma droite avec William, 5 900 000 à ma gauche, Nancy! 6 millions, William! 6 200 000, Nancy! »

Les enchérisseurs n'étaient plus que deux, maintenant. Deux soldats inconnus, dont personne ne connaîtrait jamais le nom ni le visage, retranchés à l'autre bout de la planète, chacun prêt à payer un paquet de dollars pour *Moustipic*, un machin qui servait de corde à linge aux maillots de bain des vacanciers et, en temps normal, aurait dû finir à la déchetterie. Les chiffres fusaient par rafales de zéros. Et à chaque fois, l'adversaire se relevait, même pas mort, pour enchérir. Il ne fallait rien lâcher, si près du but, ne pas céder un pouce de terrain, tout allait se jouer dans les derniers cent mètres. Un courant électrique traversa la salle, le panneau lumineux sur le mur s'arrêta de clignoter, comme grillé par la foudre, et une pluie de yens, de dollars et d'euros s'abattit sur le public. Nancy, sans perdre son sang-froid, hocha la tête en direction du pupitre.

« 6 200 000, Nancy ! 6 400 000, William ! »

Le client de William s'essoufflait, comme un vieux moteur en fin de course, il mettait plus de temps à réagir, se faisant doubler sur le côté. 6 900 000 ! Repris par William qui accéléra dans la dernière ligne droite, pensant emporter le morceau. Quand un inconnu, assis au dernier rang, leva soudain le doigt et surenchérit. Un homme qui ne s'était pas manifesté jusque-là et entra dans la partie avec de l'argent frais, provoquant le découragement des deux challengeurs déstabilisés par l'arrivée soudaine d'un autre joueur à quelques minutes de la trêve. Maître Bret profita de la stupeur dans la salle pour relancer les collectionneurs au téléphone, qui s'étaient retirés. Personne.

Nancy Audouard fit un signe de la tête pour signifier que son client abandonnait la partie. De son côté, William, écrabouillé contre un platane au bord de la nationale, n'était plus en mesure de répondre.

Le marteau retomba sèchement. Adjugé ! Vendu ! Lucie tapota sur Instagram le chiffre de

6 900 000 dollars, illustré par un gif représentant une pluie de billets verts. Le public se leva pour acclamer la performance du commissaire-priseur qui venait de battre le record en Europe pour un stabile de Calder. Dans la poche de son manteau, la fille de Ray Suret avait la main en sang.

Sur le mur derrière l'estrade, un monochrome de Whiteman avait chassé *Moustipic* de l'écran. De son regard d'aigle, maître Bret survola la salle à la recherche du *winner* pour le féliciter, mais il avait disparu.

12

La promesse d'une vie bien pire encore

Après la vente, les équipes de Bret & Patherson et des clubs Caramba se retrouvèrent à la Maison du Caviar. Où, à aucun moment du dîner, l'identité de l'acquéreur du stabile ne fut révélée. Et ce, malgré les questions pressantes de Lucie, que le commissaire-priseur, issu de la vieille école, respectueux du secret professionnel, faisait mine de ne pas entendre. Lorsqu'arriva la fin du repas, il dut raccompagner la tzarine auto bronzée, pleine de vodka, dont les talons ensanglantés s'esquintaient entre les pavés, et Lucie décida de rentrer à pied dormir à la villa Santa Clara.

Était-ce à cause de la pleine lune, de son oreiller trop mou, ou du moustique qui se mit à zozoter dans l'obscurité dès qu'elle éteignit la lumière que, ce soir-là, Lucie fit le pire cauchemar de toute son existence ? Un de ces mauvais rêves dont on met des années à se remettre si, par chance, on s'en remet un jour.

C'était la nuit, à Paris. Accoudée à la rambarde du pont Alexandre III, elle regardait passer l'équipage doré des chevaux de Marly galoper vers la Lune en pensant à Simon ce matin, les pupilles dilatées par l'amour qu'il lui avait demandé de vivre avec lui… à son beau visage, inondé par les larmes, celles du bonheur qu'on n'ose pas sortir de la boîte, comme l'argenterie, de peur de l'abîmer. Quand tout à coup, Lucie sentit, à la hauteur de ses fesses, un corps étranger ramper sur sa robe de coton telle une petite limace, ou plutôt deux petites limaces. Et une voix derrière son épaule qui murmurait sur un air de reggae : *Mousti-Moustipic !*

En tournant la tête, elle se retrouva face à un individu à deux têtes, vêtu d'une parka militaire et chaussé de Repetto blanches. Un croisement entre Michel Houellebecq et Serge Gainsbourg qui, visiblement, avait oublié de fermer le Velux de son pantalon en sortant des toilettes. Et qui se mit soudain à tourbillonner d'un réverbère à l'autre, en dansant à la manière des vieilles comédies musicales américaines. Jusqu'à ce que la musique s'arrête et que, tel un pantin désarticulé, il termine son numéro en allant s'écrouler sur un banc, où Serge alluma une cigarette sans même lui en proposer une.

« Arrête de pleurer, ma petite, sinon, tu vas faire déborder la Seine. La seule façon de savoir qui a acheté ton *Moustipic*, c'est de l'écrire. L'avantage ? Ce sera toi, et toi seule, qui décidera de l'endroit où il sera installé. Au musée ? dans la cage d'un zoo ? sur une place à Mexico ? *No problemo.*

— Au lieu de vous raconter des histoires, écrivez-les ! enchaîna Michel dont les facettes dentaires brillaient comme des *diams* dans l'obscurité. Et votre monde intérieur se transformera en abri anti-atomique où vous pourrez vous réfugier dès que cela commencera à sentir le pâté là-haut. Saisissez l'occasion et prenez la télécommande, il suffit d'appuyer sur les touches ! Vous aimeriez rencontrer la reine d'Angleterre sans avoir à vous la coltiner à déjeuner ? *No problemo !* Marcher sur la plage de Big Sur avec Henry Miller pour observer à la jumelle les côtes japonaises ? Envoyer Spiderman en Caroline du Nord pour sauver Zelda Fitzgerald des flammes de la clinique psychiatrique où elle est internée ? *No problemo* ! Demander à Jean Moulin de vous expliquer le mouvement surréaliste, en en profitant au passage pour coucher avec lui parce qu'une occasion pareille ne se représentera jamais plus ? *No problemo !*

— *No problemo*, c'est vous qui le dites, Michel ! »

Lucie le vouvoyait car avec un écrivain de cette pointure, il valait mieux garder une certaine distance.

« Un bouquin, c'est comme une niche, il faut laisser son odeur si on ne veut pas se le faire squatter par quelqu'un d'autre. Au début, tout dépendra des questions que vous allez vous poser. Les questions sont les portes de l'imagination... Surtout pour le premier livre, n'ayez pas peur de vous mettre à nu. Sur le moment, cela peut vous paraître impudique, mais dès que votre texte sera imprimé, plus personne ne remarquera que vous vous baladez à poil. Les lecteurs n'auront d'yeux que pour le personnage de votre bouquin. »

À la lumière du réverbère, Houellebecq était devenu carrément jaune. Et Lucie se rendit compte qu'avec sa langue de caïman, il essayait de la pénétrer par l'oreille.

« Arrêtez, Michel, sinon, je vais finir par attraper une otite ! »

Heureusement, la jeune femme s'était réveillée pile à ce moment-là.

Les jours suivants, traumatisée par l'agression dont elle avait été victime, elle fut tentée d'aller au commissariat du 15e pour porter plainte contre l'écrivain. Mais comme il y avait la grève de métro, elle y renonça finalement pour rejoindre Pat et ses chats à Ibiza. La maison de l'acteur à Formentera ressemblait à celle de Salvator Dalí à Cadaqués, le tout en beaucoup plus crade, avec Brown & Sugar, ses deux boules à poils qui se faisaient rôtir sur la terrasse. Là-bas, Lucie passa un super séjour. Elle pleura en avalant des tapas, pleura sur la plage, dans la piscine, sur le bateau, sous la douche, et, pour finir, comme elle était vraiment très malheureuse, elle pleura aussi dans la mer où des petites méduses de merde s'étaient regroupées en peloton pour venir l'attaquer. Jusqu'à ce que, le jour de son départ pour Paris, en tombant sur cette phrase de Picasso, peinte sur le mur des W.-C. de l'aéroport, « Je ne cherche pas, je trouve », un déclic se produise dans sa tête. Et soudain, tout devint limpide ! Lucie se dit que si elle n'écrivait pas ce livre maintenant, toute sa vie, elle aurait des monstres gélatineux qui l'attaqueraient dans son lit et qu'après, ce serait au tour des requins de tourner en rond dans sa baignoire. Et la prochaine fois que Serge et Michel débarqueraient dans ses rêves, ce serait pour la pénétrer par les narines. Et qu'elle allait attraper un rhume. Ce dernier argument fut décisif. Une fois rentrée à Paris, Lucie alla s'installer à l'hôtel, rue des Vinaigriers, pour écrire. Sans surprise, sa chambre était moche, mais comme tout était moche dedans, finalement, ce n'était pas gênant. Manquait plus qu'un livre de Houellebecq posé sur la table de nuit comme la promesse d'une vie bien pire encore... Et elle s'y colla. Au début, tel un vieux sportif qui reprend l'entraînement, elle ne pouvait compter que sur Ginger et Fred, ses deux index qui faisaient des claquettes sur son clavier. Tout ce qu'elle écrivait était si mauvais que lorsqu'elle se relisait le lendemain, elle avait honte d'être encore en vie, et elle décapitait d'une traite une famille de yaourts à la noix de coco...Puis elle se remettait au travail, à l'écoute des voix dans sa tête qui la sommaient d'avancer. Avec la fatigue, à l'usure, ses muscles se détendirent, petit à petit son imagination lâcha prise, ses phrases aussi, qui devenaient plus simples et moins fleuries. Avec le vent qui soufflait dans ses écoutilles, elle retrouva une certaine insouciance et son esprit, en s'allégeant, finit par prendre le large. Elle écrivit, enfin.

Troisième partie

1

Ce dont tu hérites, gagne-le !

À la mort de Marcel Le Guen, l'hôpital des Invalides avait remis à son fils, Philippe, un carton contenant ses effets personnels. Un pyjama, un chapelet en bois d'olivier, des appareils auditifs et une série de cahiers d'écolier renfermant le journal que son père avait tenu pendant la guerre. La patrie reconnaissante lui avait accordé le privilège de terminer sa vie dans une chambre avec vue sur le tombeau de Napoléon, d'où il avait pu quitter ce monde détaché des soucis matériels, léger, sans rien d'autre que le poids de son âme.

Dans un Tupperware, se trouvaient ses décorations, dont celle au ruban vert que l'ancien compagnon de la Libération sortait de son écrin pour les cérémonies sous l'Arc de triomphe. Au milieu de cette orfèvrerie militaire, Philippe tomba sur la vieille montre en or rose que lui avaient offerte ses camarades de l'île de Sein, celle qui n'avait jamais quitté son poignet et dont le cœur se mit à battre une fois remontée. Elle n'avait rien d'exceptionnel et Philippe se demanda pourquoi son père, qui avait eu les moyens de s'offrir les plus belles, s'était obstiné à la porter toute sa vie. Au dos du cadran, une inscription était gravée en lettres anglaises : *Moustipic.*

Sans doute le nom d'un vieux rafiot de sa jeunesse avec lequel il partait à la pêche, songea Philippe en attachant à son poignet le modeste trophée, dont le bracelet en cuir usé évoquait la peau tannée des marins de sa Bretagne natale. Comme eux, Marcel Le Guen était un homme taiseux qui évoquait rarement sa traversée de la Manche sur *Le Corbeau des mers* pour rejoindre le général de Gaulle en Angleterre. Et le témoignage de l'affection qu'il éprouvait pour son fils se résumait à une tapette en haut du crâne qui rabaissait ce dernier à l'état de petit tambour n'ayant pas encore l'âge de se battre. Pourtant, la succession se passa bien. Ce que le père avait mis toute une vie à construire, son fils s'en sépara en quelques semaines, ne se sentant aucune vocation à diriger des usines de porc un peu partout en Bretagne.

Ce legs, cependant, amena le psychanalyste que Philippe était devenu, à s'interroger sur la connotation symbolique du mot *porc*; était-il le fruit d'un pur hasard, où fallait-il y voir un sens caché? Certes, enfant, il mangeait sa cuisse de poulet avec les doigts, ce qui lui valait les remarques désobligeantes de son père qui le traitait de porc. Mais le vrai porc, dans cette histoire, n'était-il pas, en y réfléchissant, ce petit port de l'île de Sein d'où Marcel et ses camarades Serge et Ray avaient embarqué vers leur destin ?

Les premiers temps, par superstition, tel un gagnant du loto, le fils Le Guen ne voulut rien changer à sa façon de vivre, redoutant que l'arrivée de la fortune lui occasionnât des tentations nouvelles, auxquelles il n'aurait pas la force de résister, et qu'elle lui portât la poisse. Toute son enfance, on lui avait répété que l'argent ne faisait pas le bonheur : son père souhaitait-il son malheur en lui en léguant ce capital ? D'ailleurs, les riches n'ont-ils pas des angoisses, et les pauvres des inquiétudes ?

L'arrivée de cet héritage coïncida avec une baisse d'intérêt pour son travail. La pandémie avait remis la mort au cœur des préoccupations et son cabinet de la rue de Bourgogne ne désemplissait pas. Mais depuis quelque temps, l'analyste avait de plus en plus de mal à fixer son attention. Les séances qui se succédaient se ressemblaient toutes. Ses patients étaient devenus des touristes qui lui demandaient leur chemin dans une langue étrangère. Et bientôt, à son tour, Philippe ressentit le besoin de retourner voir son superviseur pour l'aider à trouver la bonne distance avec ces nouveaux éléments qui surgissaient dans sa vie.

Ce confrère, chef de service à Sainte-Anne, lui permit de clarifier les choses :

a) Ce n'est pas du *fric*, comme vous dites, mais de l'argent que votre père a gagné honnêtement, à la sueur de son front…

b) Ce que vous racontez me fait penser à cette phrase de Goethe, que Freud affectionnait tant : « Ce dont tu hérites, gagne-le ! » Chaque héritage comporte une dette. C'est cette dette qui vous fait peur, Philippe ?

c) Je voudrais que vous réfléchissiez sur ce sentiment de culpabilité qui vous anime lorsque vous évoquez cet argent. Comme si vous ne vous sentiez pas digne de le recevoir de votre père. Ce héros de la Résistance, célébré par tous, à qui vous avez caché l'existence de Klaus, votre compagnon… Posez-vous la question de savoir pourquoi vous avez décidé de vivre votre homosexualité dans la clandestinité. Cette culpabilité que vous ressentez au fond de vous ne serait-elle pas plutôt du remords ? Le remords de ne pas lui avoir parlé avant sa mort ?

Depuis que Philippe avait rencontré Klaus, il ne pouvait plus choisir la couleur d'un col roulé ou d'une écharpe sans lui demander son avis. Klaus, l'homme qui partageait sa vie, était devenu une référence dans le monde du design, en achetant des meubles de bureau que Pierre Jeanneret avait conçus pour la cité de Le Corbusier à Chandigarh. Et dont il écoulait le stock au compte-gouttes, dans les salles de ventes du monde entier. À ce titre, il recevait des catalogues dont il se réservait la lecture le week-end, lorsqu'ils partaient tous les deux en Normandie.

Leur villa de Houlgate, un châtelet néogothique tout en hauteur qui donnait sur un jardin ridicule, comme toutes celles de la Côte fleurie, était très agréable en été et sinistre en hiver, période durant laquelle Philippe et Klaus avaient beaucoup plus de mal à y faire venir du monde.

Malgré les prévisions météorologiques désastreuses, ce week-end-là, les Dufresne, un couple de psys canadiens, leur avaient fait l'amitié de les accompagner. En attendant que la pluie cesse, Philippe préparait le thé, pendant que Klaus allumait le feu pour réchauffer l'ambiance plutôt morose, quand les Canadiens, apercevant, sur la table basse, le catalogue de la prochaine vente de Bret & Patherson, émirent l'idée de jouer au test de Rorschach, ce psychiatre suisse qui se servait de taches d'encre pour comprendre les différents types de pathologies dont étaient atteints ses patients, à partir de l'œuvre de Calder qui figurait sur la couverture : chacun devait décrire ce qu'elle représentait pour lui.

Les Dufresne se disputèrent pour savoir si c'était plutôt un scorpion ou une chauve-souris. Klaus voyait un sexe de femme, telle une plante carnivore qui allait l'avaler. Lorsque ce fut au tour de Philippe, celui-ci fit remarquer que le stabile portait le même nom que celui gravé au dos de la montre. Un détail qui n'était peut-être pas une coïncidence puisque son père avait rencontré le sculpteur américain à plusieurs reprises chez son voisin, à Saché, où chaque année, au mois de juin, à la date anniversaire de leur épopée sur *Le Corbeau des mers*, Ray Chevalier réunissait les anciens de l'île de Sein.

Klaus regarda sur internet pour voir ce qu'il trouvait sur *Moustipic*. Après qu'il eût éliminé les produits insecticides et les bars créoles aux Antilles, sa recherche le mena sur la rediffusion d'une vieille émission de télévision qui avait connu son heure de gloire dans les années 1970. Autour de la table, tout le monde se rapprocha de l'écran de son Ipad qui brillait comme une boule de cristal. Et ce qui avait commencé comme un simple jeu de société prit la tournure d'une séance de spiritisme.

2

L'œil qui était dans la tombe

Le présentateur des « Dossiers de l'*écran* » écrasa sa cigarette dans un gros cendrier en Plexiglas, se tourna face à la caméra et rappela aux téléspectateurs qu'ils pouvaient intervenir dans l'émission en composant sur leur poste téléphonique : SVP 11 11.

Pour débattre, ce soir-là, la deuxième chaîne en couleurs de l'ORTF avait réuni, dans ses studios de la rue Cognac Jay, les derniers chefs de la Résistance française, un groupe d'hommes assis dans des larges fauteuils en cuir *gold*, un micro épinglé à la boutonnière de leur Légion d'honneur. Sur le mur en arrière-plan, une photo de Jean Moulin, l'œil qui était au Panthéon et regardait Fresnay, Passy, Lévy, Aubrac, Pinault et Cordier. Pourquoi lui et pas nous, entendait-on dans le silence de leur morne plaine. Depuis sept ans que le préfet d'Eure-et-Loir avait rejoint

Victor Hugo en haut de la rue Soufflot, les Français voulaient savoir qui se cachait derrière l'homme aux multiples prénoms : Régis, Max, Rex, Joseph, Alix, Richelieu, Romanin, Jean Mercier, Jacques Martel, Joseph Marchand… Qui était ce haut fonctionnaire aux yeux de velours dont la vie sentimentale restait un secret aussi bien gardé que ses actions au sein de la Résistance ?

Sur le plateau, les héros de l'armée secrète, dont les cravates reprenaient les motifs des papiers peints de l'époque, se disputaient comme des tontons flingueurs, en s'envoyant des vacheries sans jamais perdre leur calme. À l'ancienne.

« Laissez-moi parler ! supplia Henry Fresnay. Je présume que vous faites allusion à l'opération *Moustipic* ?

— Exactement ! » répondit Daniel Cordier, l'ancien secrétaire de Jean Moulin, avec ce petit cheveu sur la langue qui le caractérisait. « Vous n'êtes pas sans savoir que nous attendions, pour intervenir, le message radio de la BBC annonçant aux réseaux de la zone nord la reconnaissance du binôme *Moustier* et *Pic-rolle*. Message qui ne nous est jamais parvenu ! » ajouta-t-il en prenant à témoin André Dewavrin, *alias* le colonel Passy, impénétrable dans son armure en tweed, qui observait les échanges avec des yeux de glace. « Monsieur Fresnay ! Je le répète ici solennellement :

si l'enquête diligentée par la deuxième brigade du CRDTP a conclu que vos agents Moustier et Piquerol n'ont pas pu être homologués par les autorités de la France libre, c'est parce que nous n'avons jamais reçu de réponse à notre message ! Qui, et je parle sous l'autorité de M. Cordier ici présent, qui était : "*Moustipic* ne pique que les gens qu'il aime !" Et la réponse qui nous est parvenue, avec vingt-quatre heures de retard : "Ses murmures sont les traces de ses baisers", alors que le message attendu était : "Ses piqûres sont les traces de ses baisers." En période de guerre, vous comprendrez bien, cher monsieur, que chaque détail a de l'importance et que l'on ne peut pas mettre en danger la vie d'un homme pour un problème de dyslexie !

— Pardonnez-moi, s'insurgea un sosie de Francis Blanche, avec des cheveux en brosse et une moustache essuie-tout. Vous oubliez de préciser que dans le cas spécifique dont nous parlons, l'enquête a conclu que ce contretemps malheureux n'a provoqué aucun dégât majeur, et que… Laissez-moi finir, s'il vous plaît ! Et que… s'il vous plaît ! et qu'au contraire, l'annulation de l'opération *Moustipic*, de ce fait, a permis au maquis de Lozère de récupérer des stocks d'armes qui sinon seraient tombés aux mains des Allemands. »

Philippe, incrédule, observait à travers le bocal enfumé Raymond Aubrac, silencieux, qui tétait sa pipe en fixant le sol. C'était la troisième fois de la journée qu'il se retrouvait confronté à ce satané *Moustipic* qui, après avoir poursuivi son père pendant des années, s'attaquait maintenant à lui. Mais qui était-ce? Un bateau de pêche, un stabile, le nom de code d'une opération de l'armée secrète menée par les deux agents Moustier et Piquerol? La solution se trouvait peut-être dans le Tupperware, sur les cahiers d'écolier qui abritaient le journal de son père.

3

Journal de Marcel Le Guen

15 juin 1940

Date à laquelle je commence ce journal. Si un jour quelqu'un l'ouvre, je voudrais qu'il sache que j'habite l'île de Sein, un petit caillou dans le pied de la Bretagne où il n'y a qu'un poste de radio, celui de l'hôtel Océan, que, tous les jours, la Marie Thin Ti pose sur le rebord de la fenêtre pour les marins du port. Ce matin, c'est la première communion de sa fille et, plus préoccupée par son aube que de la débâcle du pays, elle a oublié de sortir l'appareil. Du coup, on est sans nouvelles de l'avancée des Boches.

18 juin 1940

En fin de journée, le gardien du phare a déboulé sur les quais pour raconter ce qui se passait de l'autre côté de la Manche. J'ai couru jusqu'au presbytère pour demander à Monsieur le curé ce qu'il pense de l'appel de ce militaire français qui nous encourage à continuer le combat. À mon grand étonnement, le saint homme à la soutane rapiécée m'a donné sa bénédiction pour aller le rejoindre à Londres, à condition de me confesser avant le départ.

Serge et Ray sont de la partie. Comme moi, ils trouvent que le maréchal Pétain, ce vieux croulant à la voix chevrotante, est gâteux. En rentrant à la maison, j'ai annoncé la nouvelle à maman.

« Je suis costaude, qu'elle m'a dit, en me serrant fort dans ses bras. Je n'ai besoin de personne et surtout pas de toi, mon grand ! »

25 juin 1940

Au fond de la cale, Raymond et Serge discutent avec les autres volontaires tandis que j'écris ces quelques lignes, appuyé contre ma besace dans laquelle se trouvent les sandwichs que nous a beurrés la patronne de l'hôtel Océan pour qu'on ne meure pas de faim pendant la traversée. Toute la journée, les avions allemands ont bombardé la pointe du Raz et *Le Corbeau des mers* sur lequel nous avons embarqué doit attendre la nuit pour lever l'ancre. Dans la précipitation du départ, j'ai gardé mes sabots.

26 juin 1940

Nous avons passé la matinée dans un hangar de Portsmouth à guetter l'arrivée des autres bateaux. Dès qu'un nouveau groupe débarquait, tous les passagers du *Corbeau des mers* se levaient pour entamer l'hymne national. Rien de mieux qu'une bonne *Marseillaise* pour retrouver la niaque.

Ensuite, on est montés dans des bus à étage qui s'arrêtaient dans les squares pour récupérer des caisses de matériel, et déposer les gars en proie à des états d'âme qui voulaient rentrer au pays. Quelle bande de trouillards ! Délestés de ces canards boiteux, ceux qui restent deviennent intransigeants. Mais l'esprit de la France libre n'a pris corps véritablement que lorsque la légion de Gaulle s'est mise en branle dans les rues de Londres. Fallait voir, sur notre passage, la foule de curieux qui nous interpellait pour nous donner du courage, les Anglaises qui nous offraient des bouquets de frites enveloppées dans du papier journal, le drapeau tricolore flotter sur les tours de Westminster et les militaires anglais à la terrasse des pubs, qui jouaient aux fléchettes en buvant de la bière. Qu'est-ce que j'aurais donné pour m'arrêter boire une pinte avec eux…

Et puis le bus s'est arrêté devant un entrepôt en béton mal éclairé qui sentait le kérosène et la chaussette sale : l'Olympia Hall. En pénétrant à l'intérieur, soudain, je me suis retrouvé nez à nez avec mon professeur de latin. Je n'en croyais pas mes yeux. Sans blague, j'avais quitté l'île de Sein, ma mère, ma grand-mère, les bancs de l'école, mon chat, mon biclou et ma patrie ! J'avais traversé la Manche et bravé les sous-marins allemands, pour me retrouver face à M. Queffelec ! Comment soupçonner que derrière sa blouse grise se cachait un homme courageux ? Quelle claque.

Le 7 juillet 1940

Une silhouette remonte l'allée centrale à grands pas d'échassier. Officiers, soldats, civils, nous sommes tous alignés au garde-à-vous, le menton fraîchement rasé, à guetter au loin son képi à feuilles de chêne, surplombant de toute sa grandeur notre champ d'hommes. Quand le chef de la France libre s'est arrêté devant moi, le regard tombant, la paupière lourde, et m'a interrogé sur ma région d'origine, j'avais la tête dans les étoiles de son uniforme en granit et les yeux à la hauteur de ses médailles. Sur mes joues ont dû apparaître d'étranges arcs-en-ciel.

17 juillet 1940

Aujourd'hui, nous sommes passés devant une commission militaire qui nous a jugés trop jeunes pour rejoindre une unité combattante, elle nous envoie tous les trois dans un camp de scoutisme près de Liverpool. Quelle barbe ! J'ai le moral dans les chaussettes. Je suis venu pour tuer de l'Allemand, pas pour faire des feux de bois et monter des tentes.

20 juillet 1940, Liverpool

Depuis mon arrivée ici, toutes les nuits, je suis traversé par le même cauchemar : la guerre est finie sans que j'aie pu me battre. À mon retour au pays, les gens me prennent pour un déserteur. Mais quand vient le petit matin, je reprends espoir et je suis volontaire pour rejoindre n'importe quelle unité combattante pourvu que je sois dans l'action... Mon royaume pour un panzer ! Donnez-moi un couteau, une balle, une corde pour étrangler tous ces épinards et venger ma patrie. Que d'énergie gaspillée à jouer à la guerre, à se cacher au milieu de la forêt en livrant bataille aux ronces et aux orties pour gagner ses galons d'éclaireur ! Chanter la victoire au lever du drapeau alors que toute la soirée on a eu la colique en imaginant qu'on ne reverrait plus jamais sa cousine adorée... Et réaliser brusquement que le pire n'est jamais là où on l'attend.

Est-ce bien nécessaire de s'entraîner autant, avant de mourir ?

J'ai quitté mon pays pour faire la guerre, pas pour construire des cabanes. Et mon patriotisme, cette petite flamme qui tremble au fond de moi, ne s'alimente pas avec des bûches et des brindilles mais avec des armes, de l'action et du sang.

27 septembre 1941

Nous sommes repassés devant la commission militaire. Serge rejoint le contre-torpilleur *Léopard* et

Raymond intègre les forces navales libres. Quant à moi, n'ayant toujours pas l'âge légal pour incorporer une unité combattante, je suis affecté au deuxième sous-sol de la section française de la BBC, la radio dont la Marie Thin Ti traquait les ondes sur le rebord de la fenêtre de l'hôtel Océan.

1er décembre 1941

Le vrombissement des avions de la Luftwaffe, suivi d'un sifflement, d'une explosion, puis d'un bâtiment qui s'effondre. Un nuage de poussière monte vers le ciel. À quelques mètres, dans les décombres, des civils sont sans doute blessés… Mais rien ne m'arrête, je cours en zigzaguant, pour échapper aux bombes, jusqu'au snack qui fait le coin de Panama Street, et je reviens avec les *fish and chips* de Maurice Schumann. En quelques jours, je suis devenu aussi insaisissable qu'une boule de mercure. La promiscuité avec la mort m'a purifié de toutes les idées noires qui grouillaient dans ma tête, cette fosse à serpents. Faire la guerre me rend incroyablement heureux.

6 janvier 1942

Depuis maintenant trois mois que je risque ma vie pour des patates et du poisson pané, la chance me sourit enfin. Mon supérieur, le lieutenant Philippe de Brisoult, un type épatant, trouve que j'ai une belle écriture. Il recherche un zozo comme moi pour l'émission « Les Français parlent aux Français » diffusée tous les soirs sur Radio Londres. Un service rédigé par les mangeurs de grenouilles pour les mangeurs de grenouilles, comme il dit. Ma mission consistera à recopier sur des bouts de papier, de façon extrêmement lisible, d'étranges messages que je poserai ensuite sur la table en feutrine du studio C, quelques secondes avant le début de l'émission.

27 janvier 1942

Les quatre notes de Beethoven sont le signal pour le speaker qui commence toujours son bulletin par la même phrase : « Ici Londres, les Français parlent aux Français. » En réalité, Franck se contente de lire à l'antenne ce que JE, Bibi Fricotin, ou moi, Marcel, avons glissé sous son micro. Des messages codés à destination de la Résistance qu'il va lire sans jamais connaître leur véritable signification.

« Le manchot la serre dans ses bras ! »

Ce qui signifie que votre agent est une brêle que la France libre refuse de reconnaître.

Ou encore : « Charles est de bonne humeur ! »

« DZ [*drop zone*] : 8 km sud-ouest de Saint-Cyprien », la référence du terrain d'aviation où aura lieu le largage d'armes.

Frank est un mordu de jazz, il anime aussi, en fin de soirée, « Radio Swing Club ». Souvent, après l'émission, il retrouve ses copains dans un pub près de Piccadilly pour faire un bœuf. Parfois, il me dit de venir avec lui. L'ambiance est sensas ! Grappelli tient la guitare et Mouchotte, un pilote de chasse de la Royal Air Force, nous régale au piano.

28 février 1942

Ce matin, en allant à la BBC, j'ai envie d'embrasser tous les *bobbies* : aujourd'hui, j'ai enfin l'âge de me battre. Franck m'a promis que samedi prochain après l'émission, on ira fêter mon anniversaire au Dream. C'est vraiment chic de sa part. Serge et Ray vont demander une permission à leur capitaine pour nous retrouver là-bas.

3 mars 1942

Hier, toutes les conditions étaient réunies pour que la soirée se passe bien. En arrivant au Dream, Serge et Ray étaient accoudés au bar en compagnie d'une brochette de filles qui buvaient presque autant que leurs frères. L'une d'entre elles, avec de longues boucles en spirale et une petite moustache de bière au-dessus des lèvres, me sourit. Elle me botte. Je l'aborde. Elle s'appelle Dorothy mais comme toutes les Anglaises, elle ne peut pas faire une phrase sans être désolée de tout. Pas de souci, moi je suis *sorry* de rien. Je passe la soirée à flirter outrageusement avec elle.

C'est en cherchant dans mon pantalon quelques shillings pour régler nos verres que j'ai senti, au fond de ma poche, un bout de papier comme un petit serpentin qui s'enroulait autour de mon index, je l'ai ouvert pour voir ce qu'il y avait à l'intérieur, traversé par un frisson d'horreur dès que j'ai reconnu mon écriture. Dans la précipitation de retrouver mes camarades au pub, j'ai oublié de déposer le message sous le micro de Franck. Ce dernier n'ayant pu le lire à l'antenne, les directives qu'il contenait n'ont pas été transmises à leurs destinataires.

Serge et Raymond m'ont conseillé d'arrêter de me mettre la rate au court-bouillon ! Que ce Moustique n'allait pas à lui seul mettre en danger l'armée de l'Ombre ! Qui sait ? En partant, je leur ai fait promettre de n'en parler à personne quand on reviendra au pays, et surtout pas à la *costaude* qui m'enverrait *illico presto* me confesser chez monsieur le curé. Puis je me suis débarrassé de la banderole en papier dans le caniveau, que l'eau de pluie s'est chargée d'emporter aussitôt. Mais une fois de retour dans ma piaule, impossible de fermer l'œil de la nuit. J'imaginais qu'à cause de moi, des résistants se faisaient prendre, des armes étaient larguées au mauvais endroit, un train avait sauté trop tôt ! Le lendemain, pris de remords, j'ai recopié de mémoire le message que j'ai glissé ni vu ni connu au milieu des autres prévus pour l'émission du soir.

Le coup a marché. Franck ne s'est aperçu de rien. Mais moi, je crois bien que toute ma vie je vais devoir vivre avec cette petite tache sur ma conscience, car je ne saurai jamais quelles ont été les conséquences de mon inattention… ni ce que signifie ce curieux message de Régis, daté du 01/03/42 :

Moustipic ne pique que les gens qu'il aime, ses murmures sont les traces de ses baisers.

4

Bas les masques !

J'habite à dix minutes d'ici, près de la place de l'Étoile, on y va ?

Je me présente, je m'appelle… Mais peu importe mon nom. Je ne suis pas Lucie de Clichy et je n'habite pas villa Santa Clara, même si je passe devant tous les jours. La plupart du temps, les gens se trompent sur mon âge, car j'ai conservé de mon adolescence une façon brouillonne de m'exprimer et de me tenir disloquée sur un canapé, qui montre un décalage entre ma tête et mon corps. Faire marcher les deux représente un effort quotidien pour des résultats assez médiocres… Quand vient l'été, je préfère baisser les stores pour flirter avec la lumière et m'emmitoufler l'hiver dans les vapeurs du brouillard, parce que le flou me plaît davantage que le net. C'est pourquoi je ne termine jamais mes phrases, afin de ne pas les condamner en leur donnant un sens définitif. Je fais semblant de ne pas remarquer les défauts de mes amis pour avoir encore des amis. Je cherche toujours à retourner sur les lieux de mon enfance alors que je sais pertinemment que ce sont des coquilles vides. Je ne pense aux gens que j'aime que lorsqu'ils sont loin et, en les retrouvant, je n'ai souvent plus rien à leur dire. Et si je dors l'après-midi, c'est uniquement parce que c'est meilleur de rêver en plein jour. Vous l'avez compris, j'ai un tempérament propice à la mélancolie, vous savez, cet état de tristesse accompagnée de rêveries, que les Anglo-Saxons surnomment le *black dog* ou le *blues*, et qu'ici on appelle la bile noire.

Mais nous allons bientôt arriver chez moi et vous ne connaissez toujours pas ma profession. Je suis correctrice dans une maison d'édition parisienne. Un travail qui me permet de bosser dans mon lit, tout en étant rémunérée suffisamment pour ne pas passer pour une grosse limace profiteuse aux yeux de la société. J'allume ma vaporette et, tout en tirant dessus, comme une brave locomotive qui dessert les points les plus reculés de l'arrière-pays, j'explore l'imaginaire des auteurs en poursuivant au lasso leurs fautes d'orthographe. Les écrivains ont une vie atroce. Toujours punis, coincés à leur table de travail pendant que les autres partent à la plage, et lorsqu'ils se décident enfin à les rejoindre, il n'y a plus de soleil. Un conseil, ne vous approchez pas de ces vampires qui sucent la vie de leur entourage si vous ne voulez pas vous retrouver la tête en bas, crucifié dans un de leurs bouquins. Mon métier consiste à toiletter un manuscrit avant qu'il ne passe à l'imprimerie. C'est pour cette raison que j'abrite dans ma tête des milliers de lecteurs imaginaires qui exigent toujours plus de détails et qui, lorsqu'on leur en donne trop, cornent la page et regardent une série. Et si vous pensez que je suis devenue aigrie à force de corriger les manuscrits des autres et que je rêve secrètement moi aussi d'écrire, vous n'avez pas tort. Comme tout le monde et sans doute comme vous aussi, j'ai rêvé d'écrire un livre. Le mien. Mais avant de vous raconter pourquoi la page blanche est un vide sidéral dans lequel je me suis aventurée, il faut que j'avoue quelque chose, en réalité, je n'ai pas des milliers de lecteurs, je n'en ai qu'un, c'est l'escargot, l'homme qui partage ma vie. Je l'appelle comme ça parce que, quand je lui parle, il met toujours un certain temps à comprendre ce que je lui dis. Il y a un mystère comme un trou noir dans sa personnalité qui bouscule toutes les lois quantiques, et lui donne ce petit quelque chose de loufoque et poétique que je ne trouve pas chez les autres. Mais chut, il ne le sait pas et, quand vous le croiserez tout à l'heure, n'allez pas lui répéter ! Le charme, c'est comme les fleurs de pissenlit, une fois qu'on a soufflé dessus, il ne reste plus que la tige.

Nous voilà arrivés. C'est au dernier étage du bâtiment haussmannien que l'on voit là-bas. Celui avec les tentures pourpres et un sol en mosaïque dans l'entrée, conçus à l'origine pour les grandes familles de la bourgeoisie industrielle du XIXe siècle. Je ne sais pas s'il y a des voisins dans l'immeuble, car depuis que j'habite ici, curieusement, je n'en ai jamais croisé un. Et si à Noël, je ne voyais pas des emballages de jouets d'enfant dans le local à poubelles, je penserais qu'on est les seuls à vivre là, l'escargot et moi. Le grand maigre, c'est notre gardien. À chaque fois que je le vois dans l'escalier, il est en train de changer la même ampoule, et la lumière ne marche toujours pas. Parfois, je me dis que c'est lui qui a disposé les cartons de jouets dans le local à poubelles... Et qu'en réalité, il n'est pas gardien mais *ambianceur*. Sixième étage, la porte de droite !

Ne faites pas de bruit, l'escargot est en train de lire sur la terrasse. Ne vous vexez pas s'il ne vous dit pas bonjour, pour lui, vous n'existez pas, il est focus sur ses activités. Il est un peu bizarre, lui aussi. Tous les matins au petit déjeuner, il observe sur mon visage l'empreinte de la nuit afin d'évaluer les dégâts du temps ; pour lui, ma beauté fait partie de son patrimoine. Je suis un objet qu'il a posé délicatement au cœur de sa vie et de cet appartement qui est la vitrine de sa collection. Mais je ne me plains pas, de ma fenêtre, j'ai la plage de l'étoile avec son gros pâté incrusté de coquillages.

Les premiers jours de mon arrivée ici, l'art contemporain ne provoquait en moi aucune émotion particulière. Je trouvais l'abstraction et son univers silencieux : dépouillé d'humanité et trop brutal. Les décors de mon enfance m'avaient habituée aux tremblements feutrés des impressionnistes. Une peinture qui, aujourd'hui, paraît un peu mièvre et sentimentale, mais qui, pendant des années, avait nourri ma mélancolie en l'entraînant dans la frilosité des paradis perdus.

Parfois, quand je me sens un peu seule dans notre parc d'attractions, je me réchauffe en m'inventant des histoires. Il y a deux petits stabiles dans la salle à manger, sous le tableau de Balthus. Et comme l'escargot ne veut pas d'animaux à la maison pour ne pas risquer d'abîmer nos meubles design, j'imagine dans ma tête que ce sont des chats. Petits, petits, venez ici, mes merveilles ! Ils sont d'un caractère plutôt statique et leur poil en métal accroche sous la main dès qu'on les caresse, mais l'avantage, avec eux, c'est qu'on n'a pas à courir après pour les attraper, comme ceux de Pat, ni à ouvrir des boîtes qui sentent le vomi pour les nourrir car ils n'ont jamais faim.

Comme il n'y a plus d'espace libre sur les murs de mon amoureux, je lui ai écrit cette fantaisie, parce que cela prend quand même moins de place qu'un tableau. Tout à l'heure, je l'ai enfermé sur le balcon pour qu'il la lise. J'avais peur que ma présence à ses côtés ne le perturbe dans sa lecture. Mais au fond, je sais déjà ce qu'il va me dire. Il commencera par un compliment pour me mettre en confiance, du style :

« C'est bien, mon chou… »

Et ensuite, avec la pointe de son mocassin, il écrasera mon château de sable :

« Mais il y a des longueurs… Il faudrait couper le journal de Marcel Le Guen. »

Et moi, avec la mine décomposée du martyr chrétien qui tend l'autre joue pour se faire battre, j'acquiescerai d'un air entendu. Alors que je préférerais mourir dévorée par les lions plutôt que de me séparer de ce passage qui est un tiroir secret dans lequel je conserve des souvenirs personnels liés à mon père.

À travers la baie vitrée, je guette ses réactions. Pour l'instant, rien à signaler, l'escargot est sagement assis sur une chaise du balcon. Et miracle, il me lit ! Un rayon de soleil éclaire les pages qu'il tient à la main, c'est bon signe. Sauf que lorsque son portable se met à sonner, il répond, au risque de perdre le fil de l'histoire ! Ouf, il raccroche aussitôt et reprend sa lecture. Puis, c'est au tour de la patrouille de France de fendre le ciel au-dessus des Champs-Élysées. Alerte ! Profitant de la diversion, mon gastéropode s'échappe du balcon pour rentrer à l'intérieur.

« Mon chou, il reste du chocolat ? »

Il me regarde avec des yeux baveux ; je pose ma cigarette électronique sur le bureau et je vais chercher la tablette dans le Frigidaire. Du gros noir à pâtisserie, pour tous les gâteaux que je ne lui ferai jamais. En croquant dans un carré, je lui demande, mine de rien, histoire de le mettre en confiance pour qu'il se lâche et me dise sincèrement ce qu'il pense de mon bouquin :

« J'aimerais bien savoir à quoi ressemble ce *Moustipic* qui provoque tant de questions chez ceux qui le regardent... Pas toi ?

— Hum ! Mais mon chou, *Moustipic*, c'est toi ! » s'étrangle-t-il, la bouche pleine de cacao.

Sans s'énerver, il a résumé en trois mots ce que j'ai mis deux ans à écrire. En réfléchissant, toutes les vies des protagonistes de cette histoire reposent sur des malentendus. Même Calder, qui nous dit que ce brave Sandy s'est inspiré du message de la BBC pour créer le stabile *Moustipic* ? Et si c'était tout bêtement pour consoler la fille de son voisin de ses piqûres d'insecte ?

À propos, Pat a trouvé un producteur. C'est la revanche des *has been*. Le syndrome Rocky. Pour tous les locataires de la villa Santa Clara, c'est l'exode. En apprenant qu'il allait devoir chercher un autre appartement, Amaury a attrapé un zona, il est crucifié au lit.

Pourquoi personne n'est-il capable de dire à quoi Moustipic ressemble précisément ? Cher lecteur, on arrive à la fin de ce livre et vous ne savez toujours pas qui a acheté le stabile. Vous voulez vraiment savoir ?

Mais c'est vous, les heureux propriétaires ! Félicitations !

Maintenant qu'il est à vous, posez-vous la question de savoir quel est votre *Moustipic*. Et comme ce vieux Sandy, et Rocky Balboa, essayez d'aller le chercher loin, très loin au fond de vous, là où personne n'a encore mis les pieds, puis ramenez-le à la surface de cette Terre et agrandissez-le pour en faire quelque chose de monumental.

L'escargot de mon cœur dresse ses petites cornes frissonnantes à travers l'embrasure de la porte :

« Il y a plus de Paille d'or, mon chou, je descends en acheter ! »

Sa parka disparaît sur le palier. Lorsqu'en ouvrant les grilles de l'ascenseur, il s'arrête un instant, réfléchit et se retourne en lançant dans ma direction :

« Une dernière chose : au fond, tu ne nous as toujours pas dit ce que toi, tu aimais chez Sandy ? »

Je lève les yeux au ciel en tétant ma vaporette :

« L'homme qui s'est fabriqué ses propres joujoux pour ne pas avoir à emprunter ceux des autres. »

5

Moustipic Family

Sabile en liberté en France
Les Trois Ailes, Centre Pompidou, Paris.
La Cornue, université de Grenoble, Grenoble.
Les Cinq Ailes, Parc floral, Paris.
Araignée rouge, esplanade de la Défense, Paris.
Les Ailes brisées, parvis du collège Saint-Exupéry, Perpignan.
Trois Pics, gare de Grenoble, Grenoble.
Les Renforts, Fondation Maeght, Saint-Paul-de-Vence.

*

Stabile sous haute surveillance *all over the world* :
Jérusalem Stabile, The Huntington Library, Israël.
Le Tamanoir, Rotterdam, Pays Bas.
Le Chien, Middelheimmuseum, Anvers, Belgique.

La Botte, museum Ludwig, Cologne, Allemagne.
The Arch, Storne King Art Center, États-Unis.
Black Flag, Fondation Calder, New York, États-Unis.

Tables des matières

Achevé d'imprimer en février 2023
sur les presses de la Nouvelle Imprimerie Laballery
58500 Clamecy
Dépôt légal : février 2023
N° d'impression : 301805
Imprimé en France